劇場版
TIGER & BUNNY
-The Rising

CONTENTS

Prologue

Stars are not seen by sunshine.

日光によって星は見えない

その日、シュテルンビルトの街に一人の男が降り立った。


抜けるような青空の中、太陽の輝きが三つの階層からなる巨大都市を照らし出している。

シュテルンビルトの人口は二千万を超え、一番上の階層・ゴールドステージには富裕層が、二番目の階層・シルバーステージには中流階級の人々が暮らしていた。そして最下層のブロンズステージは最も犯罪が多い雑多な街並みで、有象無象の人々の生活圏である。

その男は鼻歌交じりに初めて訪れた街の光景を眺めながら、ある場所へと向かっていた。

その時、彼の目の前に一台の暴走トラックが突っ込んでくる。

寝不足の運転手が居眠りしていたのだ。

トラックはまるでスピードを緩めることなく猛スピードで男の眼前にまで迫っている。

男は逃げる気配を見せない。もはや諦《あきら》めてしまったのか、その場に座り込んで両腕の拳《こぶし》を地面に突いたまま、うずくまっている。

周囲にいた市民が悲鳴を上げる暇もないままに、まさに今トラックが衝突しようとしている男の命運を祈る。

が、次の瞬間、激しい轟音《ごうおん》と共に信じられない光景がそこに広がった。

なんと暴走トラックが男に接触するギリギリの位置で、突然地面にめり込んで動きを止めたのだ。

周囲の目撃者たちは皆その光景に驚愕《きょうがく》し、言葉を失くした。

男は地面から両手を離して立ちあがると、大きな欠伸《あくび》をしたまま悠然と歩き去っていく。

するとと交差点に差しかかり、男はきょろきょろと周囲を見回した。

「あれ？　どっちだっけ？」

男は近くで啞然《あぜん》としている目撃者の一人だった初老の男性に近寄り、訊《たず》ねた。

「なぁ、アポロンメディアってどっち？」

初老の男性は突然の質問に戸惑いながら、一方の方角を指差した。

「ども」

男は軽く手を上げて感謝の意を示すと、そのまま初老の男性が指した方角へ悠然と歩き去っていった。

太陽が輝く時、空に浮かぶ星々が見えなくなるように、その男の存在感は人々の視線を釘付《くぎづ》けにし、周囲の物事を霞《かす》ませる。

彼が何のためにこの街にやってきたのか、その目的を知る者はごく僅《わず》かだった。

いずれにしろ彼の到来が、これからシュテルンビルトの街全体を揺るがすことになる大事件の予兆であることは言うまでもなかった。

劇場版
TIGER & BUNNY
-The Rising-

Chapter. 01

If there were no cloud, we should not enjoy the sun.

雲がなければ太陽のありがたさが分からない

シュテルンビルトの最大の特徴とも言えるのはヒーローの存在である。

ＮＥＸＴと呼ばれる特殊能力を有し、市民の安全のために犯罪者に立ち向かう者達だ。

彼らヒーローはそれぞれ、シュテルンビルトの経済や文化を支える七つの大企業のどこかに所属しており、それぞれの企業の広告塔の役割も担っていた。

犯罪が発生し、ヒーローが出動する際には《ＨＥＲＯ ＴＶ》と呼ばれる番組がスタート。ヒーローが犯罪者を確保するまでの様子をリアルタイムでオンエアするのだ。そしてヒーローの活躍に応じてポイントが与えられ、年間を通じてランキングを競い合う。

見事一位に輝いた者はキング・オブ・ヒーローという名の栄冠を手にすることができる。

つまりヒーローは皆、自分が所属する企業のイメージアップのため、常に上位のランキングを目指しているのだ。

あの日から一年と数ヶ月が経過していた。

それはヒーローたちを襲う歴史的大事件。

七大企業の一つであるメディア系企業アポロンメディアのＣＥＯであり、ヒーロー業界の最高権威でもあったアルバート・マーベリックが、人の記憶に別の記憶を上書きするＮＥＸＴ能力を駆使して、自分が過去におかした殺人の罪を隠蔽《いんぺい》。

さらにヒーローたちを都合の良いように操り、自分の思い通りのヒーロー業界をシュテルンビルトに作り上げていたのだ。

結局、ヒーローたちの命懸けの戦いによってマーベリックの悪事は明るみに出て、その大事件には終止符が打たれた。

マーベリック事件以降、シュテルンビルトの街は平穏を取り戻し、大きな問題を抱えることなく発展していた。

が、アポロンメディアだけは経営の危機に立たされていた。CEOでもあったマーベリックの悪事によって会社のイメージがダウン。株価が暴落していたのだ。

再建のメドが立たないまま、一時は主要事業だったヒーロー事業部の廃止も囁《ささや》かれた。

ところがそんな中、アポロンメディアに一人の救世主が現れた。

マーク・シュナイダーだ。

彼は大手IT企業ガーゴイルテクニカのCEOであり、経営難に陥っていたアポロンメディアに巨額の資本を投じ、新オーナーに就任。

が、このシュナイダーがなかなかの曲者《くせもの》だった。

彼はとにかく派手なことをやりたいという子供っぽい感性を持ち合わせていた。

彼は好奇心のおもむくままに行動する。フットボールに関心を示せば、強豪クラブチームを買い取り、財力を武器に世界中から名立たる名プレイヤーをかき集める。映画産業が熱いと分かれば、巨額の費用を投じて一大スペクタクル映画を製作。とにかく派手な企業運営によって消費者の関心を集め、ガーゴイルテクニカの名を世界中に轟《とどろ》かせようとしているのだ。

しかも彼の経営者としての才覚はそれだけではない。

彼の派手なステージパフォーマンスは時としてライバル企業の反感をも集めてしまう。特許権侵害などと難癖をつけられ、訴訟を起こしてくる者達も多い。

ところがシュナイダーは類稀《たぐいまれ》なるビジネスセンスによって、数々の裁判沙汰《ざた》も全て勝訴するという逆境に強い男でもあった。

有能な顧問弁護士団を抱えていることは言うまでもないが、彼のビジネススタイルは守りではなく攻め。裁判においてはただ反証を揃えるだけではなく、原告側の弱みを徹底的に調べ上げ、攻めに転じる。やがて相手はシュナイダーに刃向かうことが諸刃《もろは》の剣であることを知り、早々と戦意喪失してしまうのだ。

そんな彼がなぜ経営難に陥っていたアポロンメディアに目をつけたのか。

彼が強い関心を示したのは、シュテルンビルトの一大文化であるヒーロー事業だ。より派手で面白いことをやりたいと願う彼にとっては、まさに恰好《かっこう》の餌に違いない。

ビジネスマンであれば当然のことではあるが、シュナイダーは単なる善意でアポロンメディアを救ったわけではない。シュテルンビルトのメディア産業を一手に担う会社を自分の意のままに操ることで、自分の会社であるガーゴイルテクニカをより大きくしようと画策していたのだ。

さらに彼には有能な右腕である秘書のヴィルギル・ディングフェルダーという男がいた。

ガーゴイルテクニカに入社して以来、めきめきと頭角を現してきた男で、ワンマン経営者で知られるシュナイダーが認める、数少ない有能な人材だった。

誰もが手を焼くシュナイダーの自由で唐突な言動を誰よりも早く理解し、寸分違《たが》わずその意図を代弁する対応の早さ。そして必要最小限の言葉で職務を迅速に遂行するヴィルギルの手際の良さは、過度な説明を嫌う短気なシュナイダーにとってまさに最高の秘書といえた。

その日、アポロンメディアの会議室では、今期の事業内容に関する会議が開かれていた。

アポロンメディアの各セクションの役員が一堂に会し、外様《とざま》の新オーナーシュナイダーに対してプレゼンテーションを行っている。

まずは音楽事業部長だ。会議室に備えられた巨大モニターに企画内容を示す映像を流し、緊張した面持ちで前期の報告と今期の事業計画を提案する。

「えー、ご覧のデータは、音楽事業部のSWOT分析を元に作成された企画です。我々はこれを今期の事業スケジュールの基本とし、赤字計上だったイベントやライブなどはアウトソーシングする方向で」

音楽事業部の報告書を見ていたシュナイダーは報告を全て聞くまでもなく、深い溜息《ためいき》をついて報告書をテーブルに放り投げた。

シュナイダーが全く面白がっていないことを察したヴィルギルが即座に口を開く。

「次！」

すると巨大モニターの映像が切り替わり、出版事業部の事業計画内容を示す映像が流れ出す。

出版事業部長が上擦った声で慌てて説明を始める。

「私ども出版事業部は、メディア媒体の変化に伴い、大幅なコストカットを実行しましたが、未《いま》だ想定プロットには届かず」

途中まで聞いたところで、シュナイダーはまたしても書類をテーブルに放り投げた。

「次」

そう言ってヴィルギルが視線を送った先には、ヒーロー事業部本部長のベン・ジャクソンの姿があった。浅黒い肌に髭《ひげ》をたくわえた中年の男だ。

「え、あ、はい、え〜、ヒーロー事業部です。まーずーですーねー」

ベンの悠長な口調に、シュナイダーは苛立《いらだ》ちを隠せなかった。

「簡潔に！」

と、矢のようなヴィルギルの声が飛ぶ。

すると会議室の隅にいたヒーロー事業部長、アレキサンダー・ロイズが慌ててベンのそばにやってきて援護する。

「はい！　我々は収支報告書の通り、黒字計上を見込んでおりまして、これはヒーローTVの好調が要因かと」

ベンはさも自分が今それを言おうとしていたかのように相槌《あいづち》を打っている。

一方のシュナイダーは黙り込んだままだ。イエスともノーともとれない表情で、ヒーロー事業部の事業計画書を見つめている。

シュナイダーの態度に焦りを感じたロイズが報告を続ける。

「ただ……そのぉ、我が社が契約中の二部ヒーロー二名につきましては……赤字収支が依然として……」

《二部ヒーロー》というのは、アポロンメディアが独自に抱えているヒーローのことだ。

シュテルンビルトのヒーローは、あくまでも司法局によって正式な治安活動を行うに値すると見なされた者のみが認可され、ヒーローとして登録される制度になっている。

現在、第一線で活躍する現役の一部ヒーローは六名。しかし六名ともアポロンメディアではない別の企業に所属するヒーローだ。

以前まではアポロンメディアにも一部ヒーローが二名存在していたのだが、マーベリック事件を機に二名とも一度ヒーローを引退。しばらくの間、社内に一人も一部ヒーローがいないという状況が続いていた。

その後、引退していたその二名は再びヒーローとして復帰。しかしヒーローTVのシーズンは一年間で一区切り。途中からの復帰の場合は制度の関係上、いきなり一部ヒーローとして復帰することはできなかった。

そこでその二名は、現在二部ヒーローとして軽微な犯罪の治安活動に当たっていた。

この二部ヒーローというのはあくまで予備軍であり、ヒーローTVがカメラを回す中で活動するわけではない。

そのため、アポロンメディアとしては彼らの活躍によって企業の広告効果を生み出すことはできないばかりか、ヒーローの人気にあやかってグッズなどの販売収益を挙げることも大きくは期待できなかった。

二部ヒーローの話題になると、ベンもロイズも弱気になってしまう。

案の定、シュナイダーは不機嫌そうにジロリと、ベンとロイズを睨《にら》みつける。

こうなってしまえば蛇に睨まれた蛙も同然である。

最終的な人事権を持つシュナイダーの御眼鏡にかなわなければ、いつ子会社への出向を言い渡されるかも分からない。ベンとロイズは戦々恐々の思いだった。

次にシュナイダーが何を発言するのか？

張り詰めた空気の中、ベンとロイズは固唾《かたず》を呑《の》んで黙っている。

ところがこの時、シュナイダーの脳内では《あるアイデア》が閃《ひらめ》いていた。

彼の考える奇想天外な発想は当然、まだ誰も知る由はなかったのだが。


「きゃ────っ！　誰か────っ！」

シュテルンビルトの港付近で若い女性の悲鳴が轟く。男に鞄《かばん》を引ったくられていたのだ。

引ったくり犯は女性の鞄を抱えたまま走り出す。行く手には犬の散歩をしていた老人。引ったくり犯はその老人を容赦なく突き飛ばし、水道橋の高架下へと駆けていく。

そこへ一人のヒーローが立ちはだかった。

背中に飾り物の大きな刀を背負い、相撲の力士をモチーフにしたスーツを身に纏《まと》った巨漢の二部ヒーロー、スモウサンダーだ。

「ぬん！」

スモウサンダーはＮＥＸＴ能力を発動させると、拳を握りこんで手の平から大量の塩を発生させ、引ったくり犯めがけて撒《ま》き散らした。

「逃がさないでごわす！」

引ったくり犯は降り注いできた塩を全身に浴びると、口の中に塩が入り、思わず吐き出す。

「うわっ！　ぺっ！　しょっぺ」

スモウサンダーは塩を生み出すＮＥＸＴ能力の持ち主だった。その塩に特別な殺傷能力は備わっていない。ただの塩。調味料である。

引ったくり犯が動きを止めた隙に、スモウサンダーが確保しようと襲いかかる。

しかしスモウサンダーには欠点があった。それは巨漢の代償、機動力だ。

引ったくり犯は動きの鈍いスモウサンダーの脇をすり抜け、そのまま逃げていってしまった。

そんな引ったくり犯を付け狙うように、水道橋の柱の陰から様子を窺《うかが》っている二人目の二部ヒーローの姿があった。

全身真っ白のヒーロースーツに身を包み、顔をすっぽりと覆う流線型のマスクを被《かぶ》ったチョップマンだ。

チョップマンは逃走する引ったくり犯の前に飛び出すなり、NEXT能力を発動。徐々に右手のサイズが膨れ上がり、巨大な手の平に変形したところで、引ったくり犯めがけて渾身《こんしん》のチョップを振り下ろす。

「タァァァ！」

巨大なチョップが頭上に迫り、引ったくり犯は恐れおののく。

ところがチョップマンの大きすぎる右手は、引ったくり犯の頭上にあった水道橋を支える鉄骨に直撃。

「あ」と、情けない声を漏らすチョップマン。

引ったくり犯はノーダメージのまま悠然と走り去っていく。

手の大きさを自在に操るNEXT能力の彼は、一撃必殺のチョップを得意技にしていた。しかし距離感覚に乏しく、滅多にチョップを当てることができないのが玉に瑕《きず》だ。

チョップマンは引ったくり犯を追うために、鉄骨に引っかかった自分の右手を戻そうとする。

ところがその時、後から追いかけてきたスモウサンダーにチョップマンの巨大な張り手が炸裂《さくれつ》してしまい、スモウサンダーは盛大に転倒した。

間が抜けた二部ヒーローを放置し、さらに逃走を続ける引ったくり犯。

だが、ここで終わる二部ヒーローではない。

今度は水道橋の眼下に広がる海面から三人目の二部ヒーローが姿を現した。

背中にボンベを搭載したスーツヒーロー・ボンベマン。水の中で息ができるＮＥＸＴ能力の持ち主だ。

となれば当然、自分のテリトリーである海に敵を誘い込めば彼の独壇場である。

「さぁ、こい！　こっちだ！」

ボンベマンは水道橋の上を逃走する引ったくり犯を海に誘い込むように挑発する。

が、引ったくり犯はボンベマンの存在に気付きつつも華麗にスルーし、そのまま無人の水道橋を走り去っていく。

海にさえ誘い込めれば、ボンベマンに敵はいなかった。そう、海にさえ誘い込めれば……。

「足止めもできないッスか⁉」

突然、声を荒らげ、引ったくり犯の眼前に四人目の二部ヒーローが立ちはだかる。

身体のラインにフィットした露出度の高い紫色のボディタイツに身を包み、薄紫色をした半透明のゴーグルを着用したMs.バイオレットだ。

引ったくり犯は彼女の存在に気づくと、逃走経路を変えて隣の建物のトタン屋根によじ登ろうとした。

Ms.バイオレットは自信ありげに手を突き出し、NEXT能力を発動させて自分の爪を引ったくり犯めがけて発射。

するとと引ったくり犯の尻《しり》に彼女の爪が刺さった。能力により爪に仕込まれていた毒が引ったくり犯の体内を侵蝕《しんしょく》し、思わず動きが止まる。

「そのポイズンでもう自由には……」

と、Ms.バイオレットが自信満々の表情を浮かべて決め台詞《ぜりふ》を吐こうとしたその時、引ったくり犯は突然尻をポリポリと掻《か》きだして叫んだ。

「かいぃぃぃぃぃ」

それもそのはず、Ms.バイオレットは人に痒《かゆ》みを発症させる毒を生み出すことができるNEXT能力の持ち主だったからだ。つまりかなり殺傷力の低い能力と言わざるをえない。

案の定、引ったくり犯の尻に刺さっていた爪は、いとも容易《たやす》く地面に落ち、大したダメージを与えることはできなかった。

なんとか引ったくり犯を捕まえようと四苦八苦する二部ヒーローたちだったが、四人がかりでも引ったくり犯一人捕まえることができない。

そんな二部ヒーローたちの惨状を見ている一人のヒーローがいた。

白と緑のカラーを基調にしたスーツに身を包む男。

出来の悪い二部ヒーローたちを見つめる眼差《まなざ》しには、軽蔑《けいべつ》の色も、諦めの色も、ない。

どんな弱者であろうと決して見捨てることはなく、彼らにわずかでも可能性があるのなら、手を差し伸べる熱い魂の持ち主。いや、仮に可能性がなかったとしても彼は差し伸べた手を引っ込めることはしないだろう。

「ったく、しっかりしろ！」

その声に反応し、待ってましたとばかりに四人の二部ヒーローたちが叫ぶ。

「先輩！」

建物のトタン屋根を逃げようとしていた引ったくり犯の前に華麗に降り立ったのは、正義の壊し屋、ワイルドタイガーだ。

一定時間身体能力が飛躍的に向上するＮＥＸＴ能力、ハンドレッドパワーを発動している。

そう、彼こそが以前までアポロンメディアの一部ヒーローとして活躍していた二名のうちの一人だ。

「鬼ごっこもそろそろおしまいだ！」

「くっそ……」

「んじゃ、ワイルドに吠《ほ》えるぜ！」

得意の決め台詞を叫びながら、引ったくり犯めがけてジャンプしようとする。

が、ちょうどその時、ワイルドタイガーのハンドレッドパワーが制限時間を終えて切れてしまい、気合いを入れて飛んだジャンプは勢いを失い、そのまま引ったくり犯の目の前に着地。バランスを崩して倒れそうになってしまいながらも、引ったくり犯の腕を摑《つか》んだ。

結果、本人の狙いではない形で引ったくり犯を確保することに成功。

「う〜わ〜結果オーライ」

「放せ！」

引ったくり犯は掴まれた手を振り払おうと必死に暴れるが、ワイルドタイガーは掴んだ手を放しはしない。

「大人しくしろ、もう終わり終わり」

その時だった。先ほどのジャンプから着地した衝撃でひびが入っていた建物のトタン屋根が音を立てて抜けてしまう。

屋根に穴が空き、ワイルドタイガーと引ったくり犯は倉庫の中へと落下しそうになった。

「どわぁっ！」

この時、ワイルドタイガーは瞬時に判断した。このままでは引ったくり犯を道連れにしたまま落下し、大怪我を負わせてしまう。

ワイルドタイガーは既《すんで》の所で落ちそうになっている引ったくり犯の胸を押し、穴が空いていない屋根の部分へと追いやった。そして自分だけが建物の中へと落下していく。

「あああああああああああああああああ」

落下の先、倉庫の床には廃材の山。ワイルドタイガーはそのまま廃材の中に突っ込んだ。ズゥゥンと轟音が響き渡り、大きな煙が立ちのぼる。まるでスクラップのように、埃《ほこり》まみれの状態になってしまう。

屋根の上からその惨状を見下ろしていた引ったくり犯は、

「ラッキー……」

と呟《つぶや》き、そそくさと屋根の上を逃げていく。

肝心な時にこそついていない。それがワイルドタイガーのジンクスだ。

犯人を捕まえたかと思えば、屋根が抜け落ちる。

犯人の身を庇《かば》って自分だけが落ちたかと思えば、庇った犯人には逃げられる。

彼の行動は大抵の場合、思惑と反比例し、最後に割を食うのはいつも彼自身。

廃材の中に埋もれたワイルドタイガーは身体の痛みを感じながら、声にならない声で呻《うめ》いていた。

「ううううう……」

そこへ一人のスーツヒーローが崩れた廃材の山に着地し、呆れたように声をかける。

「何やってるんですか、情けない」

「遅《お》っせんだよ！」

男の声に気付いたワイルドタイガーが廃材から顔を突き出して見上げると、そこには赤いスーツに身を包んだヒーローの姿があった。

ワイルドタイガーのパートナー、バーナビー・ブルックスJr.だ。

女性ヒーローファンの心を鷲掴《わしづか》みにする甘いマスクに、くるくる巻きのブロンドの長髪が特徴の若い男だ。

NEXT能力はパートナーのワイルドタイガーと同じハンドレッドパワー。

彼もまた以前、期待のスーパールーキーとして一部ヒーローで鮮烈なデビューを果たし、キング・オブ・ヒーローとして君臨していた時期がある有能なヒーローだ。

「少し用がありまして、遅れた分は取り戻しますよ」

バーナビーは開けていたフェイスガードを閉じると、穴が空いた屋根の方を見上げた。

するとスーツの背中に搭載されたバーニアを噴出し、一気にジャンプして屋根の外へと飛び出す。

四時の方角に逃走中だった引ったくり犯の姿を視認。まるで兎のようにテンポよくジャンプしながら猛スピードで追いかけるバーナビー。あっという間に接近すると、引ったくり犯の襟首を鷲摑みにして引き戻し、引ったくり犯が思わず手放した女性の鞄を上空で華麗にキャッチした。引き戻された反動で投げ出された引ったくり犯はそのまま屋根に身体を強く打ちつけ、その衝撃で気絶。

バーナビーはものの数秒で犯人確保に至った。

近くの高台の公園からその様子を見ていた通りすがりの市民たちが、バーナビーの活躍を讃《たた》えるように大きな歓声と共に拍手を送る。

一部始終を見ていた四人の二部ヒーローがバーナビーのもとに駆けつける。

「さすがバーナビーさん」

チョップマンは先輩ヒーローの鮮やかな活躍を賞賛した。本来ならば犯人を確保できなかった自分の落ち度を悔やむべきところでもあるが、まだまだ彼は勉強中の身だ。

「また、やられたでごわす」

ヒーローとして歴然とした違いを見せつけられたスモウサンダーも尊敬の眼差しを向ける。

バーナビーはフェイスガードを開けると、高台の公園から歓声を上げている市民に向かって、得意の貴公子スマイルを見せた。

「フッ……」

バーナビーの笑顔に女性市民たちが天にも昇るような気持ちで黄色い声援を上げている。

そこへ先ほどの落下の衝撃で腰を痛めたワイルドタイガーがよろよろと歩いてきた。

「いてて……」

観衆の中にいた数人の男の子がワイルドタイガーの姿に気付くと、冷やかしの言葉を浴びせかけた。

「あっ、虎徹《こてつ》だ！」

「もっと頑張れ、虎徹！」

そう、虎徹とは、ワイルドタイガーに扮《ふん》する男、鏑木《かぶらぎ》・T・虎徹のことである。

決して若くはない中年の身でありながらも、生涯現役ヒーローを志し、今でも現場で活躍する男だ。顎《あご》にたくわえた髭が彼のトレードマークでもある。

虎徹はこれまで、ヒーローたるもの正体を明かすべきではないという往年のヒーロー哲学を持っていた。しかしマーベリック事件の際に、不本意ながらも自分の正体がシュテルンビルトの市民にバレてしまったのだ。彼は自らのヒーロー哲学に則《のっと》り、正体がバレてしまった今でも、フェイスガードを開ける時のためにアイパッチを欠かしていない。

「虎徹じゃなくてワイルドタイガー！」

虎徹は男の子たちに対し、ささやかな抵抗を見せるが、バーナビーが冷静に水を差す。

「もうバレてるんだからいいじゃないですか」

「ヒーローは素性を明かさねえもんなんだよ！」

「そんなポリシーより、いかに犯人を確保するかにこだわったらどうです？」

「ああ⁉」

虎徹とバーナビーは口を開けば、いつも憎まれ口を叩《たた》き合っていた。

別にコンビ仲が悪いというわけではない。これでも随分ましになった方だ。彼らが初めてコンビを組んだ頃はもっと酷《ひど》かった。

虎徹は新人ヒーロー・バーナビーの生意気な立ち振る舞いを面白く思っていなかった。ヒーローのくせに素顔を公衆の面前に晒《さら》してスターを気取ったり、いかにヒーローTVで目立てるかばかり考えて行動するバーナビーに対し、星の数ほど説教をしてきた。

バーナビーも先輩ヒーロー・虎徹の口煩《くちうるさ》い態度を面白く思っていなかった。古臭いヒロイズムを一方的に押し付け、立ち入ってほしくないパーソナルスペースにずかずかと土足で入り込んでくる虎徹に対し、彼と話す三分すら人生の無駄だと考えていた。

彼らの関係が変わり始めたのは、ジェイク・マルチネスの事件がキッカケだった。

自分の親を殺した犯人を捜すためにバーナビーはヒーローとなり、復讐《ふくしゅう》のためだけに二十年という歳月を費やしてきた。バーナビーが抱える心の闇を知った虎徹は、パートナーとして、先輩として、バーナビーのために命を賭《か》けて戦った。虎徹の力があったからこそ、バーナビーは親の仇《かたき》であるマーベリックを社会的に成敗することができたのだ。

最初は虎徹のことを《おじさん》と呼んでいたバーナビーも、いつしか《虎徹さん》と呼ぶようになっていた。

とはいえ、基本的には年代も、価値観も、まるで正反対のタイプの二人であり、どうもお互いに素直になれないところがあった。

スモウサンダー、チョップマン、ボンベマン、Ms.バイオレットの四人は、またいつものパターンかと思いつつも、二人の仲裁に入る。

「まああああまあ」

しかし後輩ヒーローたちの気遣いも虚《むな》しく、虎徹とバーナビーは互いにそっぽを向いてしまうのであった。


巨大都市シュテルンビルトの中央には女神像を戴《いただ》くジャスティスタワーがまるで街の平和を見守っているかのように高くそびえたっている。

そのタワー内には、逃走中の指名手配犯の情報収集や逮捕した犯罪者の裁判業務、ヒーローの登録や管理を行う司法局のほか、各社の一部ヒーローが身体の精錬に努めるための最新設備が整ったトレーニングセンターなど、様々な施設がある。

その日、トレーニングセンターの中では、一部ヒーローの面々がトレーニングに励んでいた。

ウェイトトレーニングマシンで汗を流していたのはカリーナ・ライルだ。

彼女は、重工業産業を中心とした企業・タイタンインダストリーに所属する、歌って踊れるヒーロー界のスーパーアイドル、ブルーローズとして活動している。

普段はどこにでもいる可愛らしい女子高生なのだが、ヒーローの時は雪のように透き通った肌にキリッと整った顔立ちのメイクを施し、いざ犯罪者を前にすれば、常に上から目線で物を語る女王様キャラの美少女ヒーローに変身を遂げる。

彼女のNEXT能力はどんなものでも瞬時に凍りつかせる氷を操る能力だ。

元々、彼女は歌手を目指していて、アイドルヒーローなど心からやりたいわけではなかったのだが、次第にヒーローとしての自覚が芽生え、今ではトレーニングにも真面目に取り組んでいた。昔からは想像できないほどの成長ぶりである。

そんなカリーナに、大人の色気を漂わせて声をかける人物がいた。

ピンク色の短髪ヘアにタンクトップ姿のオネエ、ネイサン・シーモアだ。

彼は――いや、本人の意向を尊重してここは彼女と呼んでおこう――エネルギー系企業ヘリオスエナジーのオーナー兼ヒーロー、ブルジョワ直火《じかび》焼き、ファイヤーエンブレム。

炎を操るNEXT能力の持ち主で、深紅のヒーロースーツにマントを纏い、あらゆる悪事を華麗に焼き尽くす。

「見たわよ～、こないだのドラマ。か弱いヒロイン、はまってたじゃな～い？」

「どうも」と、素っ気なく返事するカリーナ。

ネイサンが口にした《ドラマ》というのは、ブルーローズが最近女優デビューを果たした異色ヒーローもののドラマのことだ。

ブルーローズは不幸な境遇のもとに生まれた病弱なヒロインヒーローを演じた。

物語は、運命の男性との恋に始まり、同級生との友情、過酷な闘病生活、飼い犬との涙の別れ、飼い犬との涙の再会、最後には世界征服を目論《もくろ》む悪の組織を成敗する。ドラマの要素詰め放題なエンタテイメントドラマだ。

普段の女王様キャラのイメージを覆す役柄を演じたことが話題を呼び、今期ドラマの中で最高視聴率を獲得。演技力の高さも注目され、次回作のオファーが殺到していた。

ヒーローの仕事は何も治安活動だけではない。所属する企業の広告塔としての役割が重要であるため、人気ヒーローであればあるほど、ＣＭや番組への出演依頼も増える。

「あの人も見てくれてたらいいのにねぇ、髭のおじさん」

「はあ？」

「隠さなくてもいいの。アタシもハンサムが恋しくて」

「一緒にしないでよ」

《髭のおじさん》というのは、虎徹のことである。

カリーナは密《ひそ》かに虎徹を意識し始めているようだが、素直になれずその話題を振られてもつい不機嫌な対応をとってしまうのだ。

また、話題の本人である虎徹もそのことには一切気付いていない。

一方、《ハンサム》というのは、バーナビーのことである。

ネイサンが言う「ハンサムが恋しくて」というのは、カリーナが虎徹を想う気持ちとはまた少し意味が異なる。ネイサンは恋多き乙女なのである。

一方、トレーニングセンターの別のスペースでは、アントニオ・ロペスが大きな図体《ずうたい》を縮こませ、必死に頭を下げていた。

「悪かった」

彼は食品系企業・クロノスフーズに所属するヒーロー、西海岸の猛牛戦車、ロックバイソン。

猛牛をモチーフとした太い角が左右に一本ずつ付いたマスクを被り、肩からも同じく左右一本ずつ巨大なドリルが突き出ているアーミーカラーのスーツを身に纏うパワフルなヒーローだ。

岩のように皮膚を硬くするＮＥＸＴ能力を持ち、その硬さは誰かを守る盾にも、敵を打ち砕く武器にもなる、まさに攻防一体の能力である。

彼がしきりに頭を下げている相手はキース・グッドマンだった。

凛々《りり》しい顔立ちに柔らかい金髪をなびかせる、いかにもヒーロー然とした好青年である。

彼は、シュテルンビルトの公共交通を一手に担う企業ポセイドンライン所属のキング・オブ・ヒーロー、スカイハイだ。

白いマントに顔をすっぽり覆う白銀のマスクを被る姿は、まるで中世の騎士のよう。

風を自在に操るNEXT能力の持ち主で、背中につけた動力を駆使しつつ大空を自由自在に飛び回る姿は風の魔術師の異名を持つ。弱きを助け、強きを挫《くじ》く、スカイハイの精神はまさにヒーローの中のヒーローである。

一時期、スランプを囁かれた時期もあったものの、今では調子を取り戻し、常にランキングのトップに君臨し続けている。

「そんな、やめてくれたまえ、そんな。だがどうしてこんなことを？　私のスタイルが真似されたと、うちの社で話題になっていてね」

そう言って、キースは手にしていた月刊誌『マンスリーヒーロー』に視線を移した。

雑誌の記事には、スカイハイのお決まりだった両手を斜めに掲げるポーズを、ロックバイソンがそっくりそのまま真似している写真が掲載されていた。

「出来心っつうか、つい」

アントニオがついついスカイハイのポーズを真似てしまったことには、それなりに訳があった。

ロックバイソンはこれまで堅実にヒーローとしての活躍を続けてきたが、堅実さは裏を返せば地味な印象を与えてしまい、ヒーローとしての人気が伸び悩んでいた。しかもヒーローランキングも最下位を独走中。

ヒーローとして目立たなければ、自分が所属する企業やスポンサーのイメージダウンに繋《つな》がる。広告塔としての役割を果たせなければ、来シーズンの契約継続も危うくなってしまう。

彼はなんとか人気を上げて、企業の広告塔としての役割を全うすべく、方向性を模索していたのだ。

そんなアントニオを、竹刀や棍棒《こんぼう》を使って乱取り稽古《げいこ》していた二人の若い男女が見つめていた。

「必死だな、バイソンさん」

アントニオを見つめながら、そう呟いたのは黄宝鈴《ホァンパオリン》だ。

通信系企業オデュッセウスコミュニケーションに所属するヒーロー、稲妻カンフーマスター、ドラゴンキッドである。

黄色を基調とするユニフォームと、結わいたポニーテールにまるで大きなリボンのようにスポンサースペースとなるリングを二つ括《くく》りつけた斬新《ざんしん》なデザインで、小さな背丈よりも長い棍棒を駆使して活躍するヒーローだ。

彼女のＮＥＸＴ能力はその名の通り、稲妻。身体から電気を生み出し、強烈な稲妻を炸裂させることで敵を確保するのが得意技だ。

そんな彼女の呟きに、乱取り稽古の相手だった男が小さな声で応じた。

「タイガーさんが二部に行って、人気のなさが際立つって嘆いてました」

彼の名はイワン・カレリン。

金融企業へリペリデスファイナンス所属のヒーロー、見切れ職人、折紙《おりがみ》サイクロンだ。

歌舞伎の隈取《くまど》りに似た凄《すご》みのあるマスクから、忍装束を模したスーツ、天狗《てんぐ》のような高下駄《たかげた》、背中には巨大な手裏剣、腰には短刀、というオリエンタル精神溢《あふ》れるヒーローだ。

彼が見切れ職人と呼ばれる所以《ゆえん》は、彼のヒーローとしての活動スタイルにあった。

折紙サイクロンは神出鬼没であり、ヒーローTVのカメラがどこを撮影しているのかを素早く察知しては、画面の隅にこっそりと見切れる。そうすることで企業のアピールをするという、一風変わった広告ヒーローとして隠れた人気を確立している存在だ。

さらに擬態というこれまた一風変わったNEXT能力を持っており、触れた相手に姿や声をそっくりに変えることができる。

宝鈴はアントニオを見つめながらぼそりと呟いた。

「大変だね、大人って」

その時だった。

彼ら六人の一部ヒーローのPDAに、ヒーローTVプロデューサーのアニエス・ジュベールから事件の一報が入った。

他愛無い雑談をしていた六人のヒーローの表情が瞬時に《ヒーローの顔》になる。

「ボンジュール、ヒーロー！　バステトストリートで銀行強盗事件発生！　今日も盛り上げて頂戴」

「はい！」

普段は街の平和を守るという共通の志を持つ者同士で交流を深めてはいるが、いざ番組がスタートすれば話は別だ。誰よりも早く現場に到着し、市民救助や犯人確保によってポイントを競い合う。

その活躍によって所属する企業のイメージアップを図る。

彼らは同志であると同時に、ライバルでもあるのだ。


「いただきます！」

一部ヒーローたちが事件に出動する中、何も知らない二部ヒーローたちはヒーロースーツを着用したまま、街中の屋台で買ってきたホットドッグを頬張っていた。

二部ヒーローの兄貴分的存在でもある虎徹が、引ったくり犯を無事確保した労をねぎらい、後輩ヒーローたちに振る舞っていたのだ。

「おう、どんどん食え！　ん？」

虎徹は隣にいたバーナビーの手元を見ると、ホットドッグに挟んであったピクルスが食べ残されていることに気付く。

「おい！　ピクルス残すんじゃねえぞ！　疲労にはお酢が……」

「ほっといて下さい」

「あ、やってるやってる」

街頭ビジョンで中継が始まったヒーローTVに気づいたチョップマンが声を上げる。

街頭ビジョンには、強盗被害に遭っていた銀行の外壁にスモーク弾が炸裂している模様が映し出されていた。

ヒーローTVのアナウンサー・マリオが番組を盛り上げるように甲高い声で実況する。

『早い早い～！　ヒーロー達が銀行内に進入しました！』

二部ヒーローたちは食い入るようにヒーローTVを見つめていた。いずれは自分たちも番組で取り上げられる一人前のヒーローになりたい。誰もがそう思っていたからだ。

そんな彼らの思いを知っていた虎徹は、一部ヒーローの経験者として激励する。

「お前ら、しっかり勉強しろよ！」

「はい！」

相変わらずだな、とバーナビーは呆れた。

決して悪気はないのだが、虎徹は隙さえあれば後輩に対して先輩風を吹かせる。もちろん未来ある後輩を教育したいという先輩の老婆心を否定するつもりはない。しかしそれは先輩としてやることをやっている上での話だ。

「虎徹さんも少しは勉強して下さい」

「え？」

「考えなしに能力使って、いつも犯人逃がしてるのは誰です？」

「仕方ねえだろ！　一分しか持たねえんだから！」

「だったら発動させるタイミングを！」

「まあまあまあまあ」

と、周りの二部ヒーローたちがいつものように仲裁に入る。

虎徹とバーナビーが持つNEXT能力、ハンドレッドパワーには時間制限があった。

通常は五分間。能力が切れると再発動まで一時間ほどのチャージタイムを要する。

ところが虎徹はマーベリック事件を経て、NEXT能力が減退。発動時間が一分間に減ってしまっていたのだ。

それが年齢によるものなのか、あるいは他に何か理由があるのか、NEXTに関する現象については一切解明されていない。

銀行内では、一部ヒーローたちと動物を模した覆面を被った強盗犯集団が激しい攻防を繰り広げていた。

ロックバイソンが肩に装着した自慢のドリルを回転させて突き出し、蜥蜴《とかげ》と象の覆面強盗犯めがけてタックルをかます。まともに当たればひとたまりもない破壊力だ。

「うおぉりゃぁぁ！」

が、強盗犯たちは間一髪、タックルの直線軌道をかわすと、ロックバイソンはそのまま奥のバリケードに突っ込んでいった。

続けざまにファイヤーエンブレムが蜥蜴男めがけて得意の炎を放射。瞬時にターゲットを気絶させるほどの高熱を帯びている。

「ファーイヤー！」

が、これもまた蜥蜴男は間一髪でかわす。

すると今度は、天井照明の上に潜んでいたドラゴンキッドが象男めがけて飛び下り、電撃スパークを放つ。生身の人間ならば即座に卒倒するほどの高圧電流だ。

「サァ！」

象男はロケットランチャーを盾にして攻撃から我が身を守った。絶縁手袋を装着していたため、電撃も通じない。

すると今度は蜥蜴男が反撃に出るべく、ファイヤーエンブレムめがけてサブマシンガンを乱射。

ファイヤーエンブレムは目の前で炎を回転させて灼熱《しゃくねつ》の盾を生み出し、サブマシンガンの弾を次々と弾《はじ》き返すと、一気に炎を巻き上げて蜥蜴男を吹き飛ばした。

象男もまた、至近距離からドラゴンキッドめがけてロケットランチャーをぶっ放し反撃に出る。

しかしドラゴンキッドは即座に機転を利かせ、象男の股下《またした》を潜《くぐ》って背後に回りこむと、渾身の一撃を浴びせた。

「サァ！」

ほぼ同時にその場に倒れる二人の強盗犯。一人は炎によって、もう一人は稲妻によって完全に気絶している。ヒーローはあくまでも犯人を捕まえることが使命であり、命まで奪うことはない。

二人のヒーローの活躍を見たマリオが番組を盛り上げるように叫ぶ。

『まさに電光石火！　三位を争う二人が同時に確保！』

一方、バリケードに突っ込んでいたロックバイソンがようやく身体を起こす。

そこへ怯えた女性の悲鳴が響き渡る。

馬の覆面強盗犯が女性に銃を向けて人質に取り、逃走を図ろうとしている。

ロックバイソンは気合いを入れて、馬男に近づこうと立ち上がった。

その時、怯《おび》えていたかに見えた人質の女性が発光し、折紙サイクロンへと変身する。擬態のNEXT能力で人質になりすましていたのだ。

折紙サイクロンは油断していた馬男を背後から羽交い締めにし、確保に成功。

「ごっつぁん」

『やりました！　折紙サイクロン。擬態能力でポイントゲット！』

他のヒーローたちに次々と手柄を奪われ、ロックバイソンは焦りを感じた。

このままではほとんど自分の姿がテレビにオンエアされない。まずい。

次なる強盗犯を見つけるべく周囲を見渡すと、バリケードの上では羊の覆面強盗犯がトミーガンを乱射していた。

「来るなぁ！」

「こうなったら……」

ロックバイソンは羊男に狙いを定め、近づこうとする。

ところがその時、羊男の頭上からキラキラとダイヤモンドダストが舞い落ちる。

羊男が何事かと見上げるや否や、氷塊が飛んできて瞬く間に羊男が凍りついた。

そこへ颯爽《さっそう》と降り立ち、得意のポーズをカメラに向けたのは、ブルーローズだ。

「私の氷はちょっぴりコールド。あなたの悪事を完全ホールド！」

『決まったぁブルーローズ！』と、実況するマリオ。

その時だった。ヒーローTVのオンエア画面の中でポーズを決めるブルーローズの左側に、一瞬ロックバイソンの半身が映り込んだ。

「あれ？　今、ロックバイソンが見切れませんでしたか？　スタジオのステルスさん」

「そう来ましたか。最近彼はキャラクターの方向性を模索しているようです」

《ステルスさん》と呼ばれた男の名はステルスソルジャーだ。その昔ヒーローとして活躍していたが、今は引退してヒーローTVお馴染《なじ》みの解説員を務めている。

街頭ビジョンでヒーローTVを見ていた二部ヒーローたちも思わず笑う。

見切れといえば折紙サイクロンの専売特許ともいえる行為。それをロックバイソンが完全にパクっていたからだ。

「あいつ……」

虎徹は古くからの友人の粗相に心配そうな表情を滲《にじ》ませる。

彼には分かっていた。もう若くない同じ中年のヒーローの身として、なんとか自分のアイデンティティを確立しようと必死だったロックバイソンの涙ぐましい努力が。ただその方向が少し、いや、だいぶズレているだけなのだ、と。

その時、銀行の建物が突然の爆発によって大破した。

粉塵《ふんじん》が立ちのぼる中、まだ残っていた強盗犯を乗せたジープが銀行内から飛び出してきた。

『ああ、これは大変です！　強盗犯が銀行を爆破！　逃走を図る模様です！』

強盗犯を乗せたジープはそのまま道路へと飛び出し、猛スピードで逃走していく。

銀行内で戦っていたヒーローたちが後を追って道路へと飛び出す。

しかしすでにジープははるか遠くを走行しており、容易には追いつけそうにない。

そこへ上空彼方から急滑空してくるヒーローの姿があった。スカイハイだ。

「逃がしはしない！」

スカイハイはNEXT能力を発動して周囲の風を集めると、小型のトルネードを形成させて逃走するジープに向かって放った。

「スカーイハァーイ！」

ジープはトルネードによって上空へと巻き上げられ、そのまま道路の高架下へと転落。スクラップ場のタイヤの山へと突っ込んだ。

スカイハイはそのまま上空から捉《とら》えているカメラの前まで飛んできて敬礼する。

『さすがキング・オブ・ヒーロー！　王者の貫禄《かんろく》を見せつけました！』


モノレールの駅構内。

夕暮れの中、帰路に就く虎徹とバーナビーの姿があった。

「やはり凄いですね一部は……スケールが違う」

バーナビーの言葉の意味をすぐに理解する虎徹。

その昔、彼らは一部ヒーローとして第一線で活躍していた。彼らもヒーローTVに映る街の人気者だった。そんな生活が当たり前だと思っていた。

しかし今では、ほとんどカメラが回らない軽微な犯罪の治安活動に当たる毎日。

もちろん犯罪に大小はない。二部ヒーローの仕事だって街の平和を守るためには大切なことである。

しかしバーナビーの実力を考えれば、現状は宝の持ち腐れだと言わざるをえない。

二部にいる今だからこそ実感することがあった。

空で光り輝くのが当たり前だと思っていた太陽が突然、雲に覆われてしまったことで知る太陽のありがたさ——彼らにとってみればそれは、恵まれた一部の環境であり、かつての栄光だ。

「あと半年、僕達もさらに厳しくいかないと」と、バーナビーは呟く。

「張り切んのはいいけどよ。どう足掻《あが》いたって来シーズンまでは参加できねぇんだぞ。それに一部に上がらせてもらえるって確証も」

「実戦感覚は日々鈍っていきますから」

「別によくねぇか。市民守れりゃ一部でも二部でも」

確かに虎徹も一部への未練が無いわけではない。

しかしＮＥＸＴ能力が減退した今となっては、仮に一部に復帰したとしてもパートナーであるバーナビーの足を引っ張りかねない。周囲に迷惑をかけるぐらいならば、二部で自分にできることを全うする。それが虎徹なりの考えだった。もちろんそんな思いは自分の胸の中にしまい、横にいるパートナーに悟られないようにしていたのだが。

しかしバーナビーは虎徹の気も知らず、不服とばかりに鋭い目で見据える。

その眼差しの意味を虎徹はつぶさに感じ取った。

「不満なのか？　二部じゃ」

「……不自由だと思いませんか」

「まぁ、どんな事件にも関われるわけじゃねえけど」

「それに二部だとギャラが」

虎徹はその言葉に思わず眉《まゆ》をひそめる。バーナビーが金のことを口にしたからだ。

確かに一部と二部では収入面に天地の差がある。しかし二部ヒーローにでも一般的な生活を送るだけの収入はある。何よりヒーローにとって一番大切なのは街の平和を守ることであって、金ではない。

そもそもバーナビーがそこまで金に煩い男だったか、と虎徹は意外に感じた。

その時、虎徹の携帯に着信が入る。アポロンメディアのヒーロー事業部からだった。

虎徹はバーナビーのことが気になりつつも、電話に応じた。

「はい、もしも〜し？」


虎徹とバーナビーが呼び出されたのは、アポロンメディアの新オーナー、シュナイダーの部屋だった。

ヒーロー事業部のベンとロイズが見守る中、シュナイダーと対面する虎徹とバーナビー。

オーナーに就任してまだ日が浅かったシュナイダーにとって、これが二人のヒーローとの初対面でもあった。

シュナイダーはバーナビーに握手を求めると、

「君がバーナビー君？　ちょっとハネ過ぎだね」

と、バーナビーの髪型の第一印象を語った。

「はぁ」

シュナイダーは虎徹に視線を移して握手を求めると、

「君は虎っていうかアライグマみたい」

それも虎徹に対する彼の第一印象のようだ。彼がアライグマと表現したのはおそらく虎徹の特徴的なアゴヒゲのせいだろう。

虎徹は思わず苦笑いして見せる。

「はは……」

「マーク・シュナイダーさんは、新オーナーとして倒産の危機に瀕《ひん》した我が社の再建を買って出て下さったんだ」

ロイズが横からそう口添えすると、虎徹の強張《こわば》った表情が和らぐ。

「そうでしたか！」

シュナイダーの買収がなければ、アポロンメディアのヒーロー事業そのものが撤廃されかねない状況だったからだ。今でも虎徹たちがヒーローを続けられているのはシュナイダーのおかげに他ならない。

「マーベリック事件以降、アポロンは逆にビジネスチャンスだと思ってね」

シュナイダーの経営者としての手腕に一目置いていたバーナビーは愛想よく答える。

「お噂はかねがね。若くしてガーゴイルテクニカを興し、世界トップクラスのＩＴ帝国に育て上げた」

「それだけじゃないぞ。これまで買収された会社全てを見事に再建しておられる」

ロイズが会社の救世主のご機嫌をとるように、普段より一回り高い声で補足した。

「へぇ……で、今日はなぜ俺達を？」と、訊ねる虎徹。

「実は君らの扱いで悩んでてさ」

「え……」

「だって赤字かさむばっかかなんだもん。クビってことも考えたんだけど……」

クビという一言に、虎徹とバーナビーは敏感に反応した。

シュナイダーは今やアポロンメディアの最高権力者だ。彼の一言が会社員である虎徹とバーナビーの今後の人生を大きく左右してしまうことは言うまでもない。

ところが虎徹とバーナビーの心配をよそに、シュナイダーは懐からクラッカーを取り出し、パンと鳴らしてみせた。

「逆転の発想で、一部に上げちゃいます」

突然の展開に、虎徹とバーナビーは唖然とする。

「あれ？　反応鈍くない？　明日から一部復帰ってことよ」

虎徹は戸惑いの表情を見せた。

「え？　いや、でも……」

「シーズン途中からでも一部に参加できるよう、手を回して下さったんだ」

ロイズがそう事情を説明すると、虎徹は破顔し、声にもならない声を漏らした。

虎徹の喜びを察したベンが、スッと手を差し出す。

「何はともあれおめでとう」

「ありがとうございます！」

虎徹はベンの手を強く握りしめると、まるでサンタクロースから思いがけないプレゼントをもらった少年のように、バーナビーに向かって親指をサムズアップした。

「やったなバニー！」

早く一部に復帰したいというバーナビーの気持ちを一番理解していたのは、パートナーの虎徹だ。

虎徹自身も第一線で重大犯罪に関われることはヒーロー冥利《みょうり》に尽きる。

しかしバーナビーは虎徹ほど手放しに喜んでいるようではなかった。

バーナビーにとっては、ただ一部に昇格すればそれでいいというわけではなかったからだ。

バーナビーが一番気にしていたのは《金》のことだ。ある理由で彼には金が必要だった。

シュナイダーは経営者として切れ者だともっぱらの噂だ。当然企業として採算の合わない采配《さいはい》を振ることはないだろう。今のアポロンメディアの苦しい経営状況を考えれば、ギャラの契約面で足元を見られる可能性は十分にありうる。

バーナビーは警戒心を抱き、淡々とした口調でシュナイダーに訊ねた。

「それで条件の方は……」

「何だっていいだろ！　一部でやれんだぞ！」と、バーナビーを制する虎徹。

「しかし……」

「心配いらないよ。ヴィルギル！」

シュナイダーに呼ばれたヴィルギルは、バーナビーに一部ヒーローに昇格するための契約書を手渡した。

「好きな額書いていいから」

「へ？」

「それだけ評価してるんだよ」

シュナイダーの手厚い対応は、バーナビーにとって予想外だった。

これだけうまい話を持ちかけるからには何か裏があるかもしれない。しかしここで拒否すれば、次にいつ一部復帰のチャンスがやってくるか分からない。ひとまずシュナイダーの提案に乗り、契約書にサインすることを決意した。

「ありがとうございます」

と、ペンを手に取り契約書に目を向ける。

するとシュナイダーはバーナビーから虎徹へと視線を移し、機嫌よく訊ねた。

「ところで君はヒーロー歴長いんだって？」

「まぁ」

「ちょっとこの後、話聞かせてよ」

「ぜひ！」

渡りに船とはまさにこのことだった。

経営が傾きかけたアポロンメディア。

一部ヒーローへの復帰を渇望しながらも地道に二部ヒーロー活動を続けていた虎徹とバーナビー。

後退している現状に甘んじているしかなかった両者がシュナイダーの出現によって前進の転機を迎えようとしていた。

シュテルンビルト、ブロンズステージの一角。

薄汚い屋敷の玄関前にある階段に腰を下ろし、無数の野良猫たちに餌をあげている一人の心優しい老婆の姿があった。

「おいしい？」

野良猫たちは、ニャーニャーと鳴きながら目の前の餌を一心に貪《むさぼ》っている。

「そうかい」

その時だった。

突然、上空から奇妙な音が聞こえてきた。

それは自然が生み出したものとは思えないような異質な響きであり、まるで無能なオーケストラ集団の不協和音か、異形の者の叫びか、そんな音だった。

老婆は何事かと空を見上げる。

餌に夢中だった猫たちも即座に反応し、一斉に空を見上げる。

「ん？　なんだか、気味が悪いねえ……」

するとその奇妙な音は次第に周波数を高め、耳をつんざくような轟音へと変わっていく。

耳を覆いたくなるようなその強烈な響きはやがて、周囲のビルの窓ガラスをびりびりと震わせ、次の瞬間、一斉に破裂させた。

割れた窓ガラスの破片が細かい粒子状になって老婆や野良猫たちの頭上に降り注いでくる。

野良猫たちは餌を与えてくれたご主人様を無情にも置き去りにする形で、ニャーニャーと鳴きながら思い思いの方角へと散開していく。

「ぎゃあああああああ」

老婆は降り注ぐ粒子状のガラスと、覆い被さるような奇怪な陰影を目の当たりにし、青褪《あおざ》めた表情で叫び声を上げる。

到底この世のものとは思えないような《何か》が、太陽の光を遮る雲のように巨大な影を落とし、ゆっくりと蠢《うごめ》いていた。

Chapter. 02

The morning sun never lasts a day.

朝の太陽は一日続かない

虎徹が住むアパートの室内は、いつにも増して荒れていた。

飲み終えた酒の缶や瓶がリビングのテーブル上に散乱し、キッチンのシンクには洗い物の皿やコップが溜《た》まっている。

その夜に限っては《男の一人暮らし》だけではない理由が、虎徹の中にあった。

しかし多くを語らず、ぼんやりとした表情でロフトへと続く階段に座り、受話器に耳を当てていた。

電話の相手は、遠く離れたオリエンタルタウンで暮らしている娘の楓《かえで》だ。

「太陽こそが生命の源であり、充実と自由のひと時を与えるのである。そう、我が瞳《ひとみ》に二羽の不死鳥が踊り続ける限り……」

難しい単語を一生懸命、電話口に向かって語っている楓。学校の詩の宿題を虎徹に相談していたのだ。

しかし虎徹は上の空で、楓の言葉がほとんど頭に入っていない。

虎徹の反応がないことに痺《しび》れを切らした楓が訊ねる。

「どう？　お父さん！」

虎徹はハッと我に返り、口先だけの感想を告げる。

「ん、いい詩だねぇ。パパ泣けてきちゃった」

「はぁ？　どこが？　謎だよ謎」

「え？」

「先生の一押しポエムなんだって。けど全然意味分かんない」

苛立ちを露《あら》わにするようにシャープペンシルを指で回しながら、教科書を見ている楓。

「うん、確かに謎だな」

「え、泣けてきたって言ってたじゃん。適当にリアクションしたってこと？」

「いやいや違う。ていうか『おひさま』をテーマに詩を書けなんて難しい宿題出るんだなぁ」

虎徹と楓が他愛無い会話を続ける一方、虎徹のアパート内では、テレビに映るニュースキャスターが事件の一報を知らせている。

『ビルの窓ガラスが粉砕する事故が多発しています。現在、この事故による怪我人はなく、警察は原因究明にあたっています』

「大変なんだよ小学生は……で、そっちは？　バーナビーとうまくやってる？」

「……おう、順調順調」

虎徹は含みのある物言いで、そう答えた。


男はシュテルンビルト市内のイベント会場の控え室に待機していた。

真新しいヒーロースーツに身を包み、鼻歌を口ずさんでいる。

シュテルンビルトには現在、有能なヒーローが六人いると聞かされていた。

彼らは皆、これから男がヒーローランキングを競い合うライバルたちになる。しかし男は特にライバルヒーローたちのことを気に留めてはいなかった。

男はいつでもマイペースだ。

ただ己の力を信じ、与えられた職務をこなす。

実力のある者には正当な対価が支払われる。

男にとってギャラの額こそが自分の評価のバロメーターだと思っていた。

少しでも高いギャラを提示してくれるスポンサーがいれば、その声に応じ、対価に見合った結果を残す。至ってシンプルだ。

男は、高額のギャラを提示してくれたスポンサーに対し、自分のヒーローとしての価値を見せつけることに、密かに心躍らせていた。


イベント会場内は、ヒーローTV関係者やマスコミ関係者で賑《にぎ》わっていた。

ヒーローTVはテレビ放送局OBC内のコンテンツであり、番組に関わるスタッフたちはOBCの社員でもある。

その日、会場ではアポロンメディアから正式に一部ヒーローとして登録されることが決まった二人のヒーローの記者会見が執り行われようとしていた。

ヒーローTVでスイッチャーを務めるメアリーが、会場中央に高々と積み上げられたシャンパングラスのタワーを数え、テンションを上げている。

「はぁぁ、あれ一杯30ドルとして、全部で」

隣で電話中だった上司のアニエスが受話口に手を当て、不機嫌そうに制する。

「ちょっと、電話中」

「あ、すみません」

アニエスは手を離すと、電話の相手に訊ねる。

「もしもし？　どお？」

電話の相手はヒーローTVのディレクターを務めるケインだ。本来ならばケインも記者会見に参列すべきだったが、別件の取材で手が離せず、カメラマンと共に市内の一角にいた。

「やっぱ帰れそうにないっす。今からもう一件、猫屋敷の猫が五つ子産んだって取材を」

「そんなほのぼのローカルニュースほっときなさいよ」

「仕方ないじゃないですか。人員削減のしわ寄せが色々」

ＯＢＣはアポロンメディアの子会社である。アポロンメディアの新オーナーにシュナイダーが就任して以来、その影響はＯＢＣ内にも波及。経営改革のため大幅に人員削減が行われ、ヒーローＴＶは人手不足の状態が続いていた。そのため、本来ならば専門ではないローカルニュースを、ケインが担当する羽目になっていたのだ。

その時、アニエスたちがいた会場の照明が落ちる。

「あっ、アニエスさん」と、メアリーが急《せ》かす。

「もういい！」

アニエスは怒りにまかせて携帯の通話を切った。

すると会場のステージ上にスポットライトが当たり、司会進行役を務めるマリオが開会の挨拶《あいさつ》を告げる。

「これよりアポロンメディア、コンビヒーロー復活記者発表を始めさせて頂きます。まずはこの方を紹介しましょう！　新オーナー、マーク・シュナイダー！」

　マリオのコールによってステージ上に登壇するシュナイダー。

「おお……」と、関係者たちの声が漏れる。

「どうもぉ、よく来たねぇ皆さん。我がガーゴイルテクニカがアポロンメディアを買収してからこの数ヶ月、大幅な経費削減と人員整理で株価は再上昇しつつある。でも僕の商売理念じゃ、やっぱり攻めの姿勢が大切だと思うんだ。僕が来たのに物足りないでしょ？　で、利益率の高いヒーローというコンテンツに改めて賭けることにしたんだ。子供の頃に憧《あこが》れたヒーローがまさに街の平和も経営も守ってくれるなんてね」

　舞台裏では、フォーマルな衣装に身を包んだ素顔の各社一部ヒーローたちが集っていた。

　これから登壇する予定になっていた虎徹とバーナビーと久し振りの再会を果たし、皆上機嫌だ。

　二人の復帰を喜び、声をかけるイワン。

「また一緒にお仕事できるんですね！」

「宜《よろ》しくお願いします」と、バーナビーが微笑む。

「もちろんだとも！」

　キースも戦友の復帰を歓迎した。

　アントニオは、親友の虎徹に対し、おどけてみせる。

「頑張りたまえよ、虎徹くん」

「先輩面すんな」

　そう笑って応《こた》える虎徹のやや後方では、ヒーロー三人が話をしている。

「声かけなくていいの？」

宝鈴から声をかけられたカリーナが動揺するように顔を背ける。

「は？　なんで私が」

カリーナを冷やかすようにニヤニヤしながら覗《のぞ》き込むネイサン。

「じゃ、俺達は特等席で見させてもらうか」

アントニオがそう告げると、六人のヒーローたちはプレミアムシートへと移動していった。来場者たちに正体がバレないよう特別に設けられた席だ。

ヒーローたちが去っていくと、バーナビーが虎徹に対し、ぶしつけに声をかける。

「とちらないで下さいよ、スピーチ」

「お前こそな」

一方、会場内ではシュナイダーが饒舌《じょうぜつ》にスピーチを続けている。

「おっと、僕の話はこんくらいにして、早速我が社のヒーローに登場頂こうかな」

二人のヒーローの登場を待ちわびるように静観している来場者たち。

「まず一人目はあの男！　幼少の頃に両親を殺され、復讐《ふくしゅう》の為にヒーローになった悲劇の美男子。この街を揺るがす大事件、ジェイクの反乱を解決し、謎の組織ウロボロスを追跡していく中で、親の仇に辿《たど》り着き、見事復讐を成し遂げたスーパーヒーロー、バーナビー・ブルックスJr.」

シュナイダーがそう煽《あお》ると、会場内のモニターにバーナビーの映像が映し出された。さらにいくつもの花火や多彩なライトアップによって、ステージを盛大に彩る。

ステージ裏にいたバーナビーが立ち上がった。

「お先に」

「おうっ」

虎徹がサムズアップすると、バーナビーはステージへと続く階段を素早く上っていく。

ステージ上にバーナビーが姿を現すと、会場中の人々が彼を歓迎するように大きな歓声を上げた。

色とりどりのカクテルライトがバーナビーを華やかに照らし出す。

プレミアムシートで見ていた六人のヒーローたちはステージの様子を見つめながら、万感の思いで語り合う。

「いよいよだな」と、アントニオ。

カリーナは嬉《うれ》しそうにステージを見つめている。

また一緒にいられる。それは彼女にとって何物にも代えがたい密かな喜びだった。

ステージ上では、シュナイダーが二人目のヒーローの登場をナビゲートする。

「続いてバーナビー君とコンビを組むヒーローを紹介しますよ。ヒーロー経験も申し分なく様々な事件を解決してきたこの男！」

するとステージの床が開き、ステージ下の奈落《ならく》から巨大な風船が膨らみながらせり上がってきた。

粋《いき》な演出に六人のヒーローたちは思わず目を見張る。

子供のようにワクワクし、思わず声を上げる宝鈴。

「あの中にタイガーさんが！」

「すごい演出」と、ネイサンも思わず息を呑む。

みるみる膨れ上がっていくステージ上の風船。やがて限界の大きさに到達すると、パァンと破裂。

中に入っていた色とりどりの小さな風船や紙ふぶきが舞い上がった。

するとと風船の中から一人のヒーローの姿が現れる。

シュナイダーはそのタイミングを見計らい、一段と大きな声でヒーローの登場を告げる。

「出《い》でよ、スーパーヒーロー！」

ステージ上のヒーローをカメラが後ろ姿から回り込んで映し出す。

が、そこにいたのはワイルドタイガーではない別のヒーローだった。

黄金色のライオンをモチーフにしたスーツに身を包む何者か。

「ゴールデンライアン！」

会場で見ていたアニエスとメアリーは突然のことに驚愕の表情を浮かべた。

プレミアムシートで見物していた六人のヒーローもまた、見知らぬ男の登場に思わず言葉を失くす。

カリーナは突然の出来事に当惑し、状況を全く把握できずにいる。

その動揺は、会場中の来場者たちにも広がっていた。

誰もがこう思ったに違いない。

二人目のヒーロー、バーナビーとコンビを組むパートナーは当然、ワイルドタイガーではないのか、と。

ステージ上にいた謎のヒーロー・ゴールデンライアンは、人々の動揺を断ち切るように自信満々の態度で声を張り上げる。

「なんだよ、俺が出てきてやったのに。ほら、注目！」

するとゴールデンライアンはステージの床に両手を置き、突然ＮＥＸＴ能力を発動させた。

身体が発光すると共に床に置いた両手のアームが巨大化し、スーツの背中についていた羽根状のパーツが大きく広がる。

「どど～～～～ん」

ゴールデンライアンがそう叫ぶと、彼の前方に円形状の強力な重力場が形成された。

重力場の範囲内にいた来場者たち全員が重力に耐え切れずに床にべったりと張り付いてしまう。飾られたシャンパンタワーも強力な重力によって瞬時に潰《つぶ》れていく。

進行役のマリオは重力によって床に張り付いたまま、懸命にアナウンスする。

「ご、ご覧下さい。これがさすらいの重力王子……ゴールデンライアン」

これはゴールデンライアン流の挨拶代わりの余興だった。

彼は自己顕示欲が強く、周囲から注目されるのが常に自分じゃないと気が済まない。

その為にも第一印象のインパクトこそが肝心であると考えていた。

強力なＮＥＸＴ能力を誇示し、新ヒーローとしての格を首脳陣に見せつける。それが狙いだった。

ＮＥＸＴ能力を解除し、挑発的に宣言するゴールデンライアン。

「世界は俺の足元に平伏《ひれふ》す。覚えとけ！」

重力場が消えると、来場者たちは皆、よろよろと立ち上がった。

会場中のカメラマンが食いつくようにゴールデンライアンに向かってカメラを構え、何度もシャッターを切る。

マリオは、未だに状況を把握できずにいる来場者たちに向かって告げる。

「重力を増幅させ、一定の範囲の動きをストップさせる能力で、活躍してくれるはずです」

プレミアムシートにいた六人のヒーローたちは未だ誰も言葉を発せずにいた。

そこへベンが現れ、彼らの背後から声をかける。

「コンチネンタルエリアで活躍してたヒーローだとよ」

ベンの声に反応し、六人のヒーローたちが振り返る。

「オーナーがスカウトしてきたんだ」と、続けるベン。

「なぁ、虎徹は……」

アントニオがベンに訊ねようとすると、カリーナが遮るようにベンに食ってかかる。

「タイガーも復活するんじゃなかったの？」

「……俺だってそう思ってたさ」

ベンは事の経緯を語る。


──全てはシュナイダーの一存による計画だった。

虎徹とバーナビーに一部昇格を宣告したシュナイダーはその後、虎徹とベンを別室に呼び出し、内々に事情を伝えていた。

秘書のヴィルギルがタブレット端末で、虎徹とベンに映像資料を見せている。

そこにはコンチネンタルエリアで活躍中だった一人のヒーロー、ゴールデンライアンの姿が映し出されている。重力のＮＥＸＴ能力によって逃げていく強盗犯の足を奪い、華麗に確保。得意の決め台詞を吐き捨てる。

「俺のブーツにキスをしな」

資料映像を見ていた虎徹とベンは当惑するばかりだった。

そんな二人にシュナイダーがぶしつけに声をかける。

「分かったでしょ。バーナビー君と組むのは、君より有望なヒーローなの」

「でも、それじゃ話が……」と、反論しようとするベン。

「僕がいつ二人とも戻すって言った？　衰え始めた人間なんていらないんだよ」

シュナイダーの厳しい洗礼に、虎徹もベンも返す言葉が見当たらなかった。

「悪いけど、今日はバーナビー君に気持ちよくサインしてもらう為にお越し頂いただけ」

バーナビー一人だけを一部に昇格させると言ったところで、本人が首を縦に振るかどうか分からない。バーナビーの同意を得る為にも、一旦《いったん》は虎徹と二人で一部に昇格させるように見せかけていただけだったのだ。


ベンから事情を聞いた六人のヒーローたちは憤りを感じずにはいられなかった。

普段は温厚なキースも眉をひそめる。

「卑劣なことを」

「俺も食ってかかったんだが、虎徹が止めやがって」と、ベン。

虎徹が止めた？

その言葉がヒーローたちをさらに当惑させる。

「どうして……」と、カリーナが消え入りそうな声で呟く。

そんなヒーローたちの気も知らず、記者会見は粛々と進行し、マリオの最後の挨拶によって幕を閉じた。

「皆さん、ライアン&バーナビーの活躍にご期待下さい！」


「僕を騙《だま》したんですね！」

アポロンメディアのオフィス内で、バーナビーはシュナイダーに抗議していた。

自分のパートナーが見ず知らずのゴールデンライアンだと知り、憤りを感じずにはいられなかったのだ。

「は？　契約書にサインしたでしょ」

「しかし！　パートナーが変わるなんて話は」

と、横から新パートナーのライアン・ゴールドスミスが指で金を示すゼスチャーをしながら口を挟む。

「何駄々こねてんだよ。こっちはいいし、悪い話じゃねぇだろ」

「あなたは黙っていて下さい」

確かに彼が一部昇格を望んでいた理由は金にある。

しかしそれは虎徹と一緒に昇格することが前提の話であり、だからバーナビーは契約書にサインしたのだ。こんなはずではなかった。

バーナビーの追及を無視し、シュナイダーは淡々と廊下を歩いていく。

「聞いてるんですか？　話はまだ終わって」と、畳みかけるバーナビー。

「その辺にしとけ」

バーナビーがハッとして振り返ると、そこには腕を組んで立っている虎徹の姿があった。

「虎徹さん！」

ライアンは虎徹という名に反応した。

今、目の前にいる男がバーナビーの元パートナーだと知り、横柄な態度で壁に肘《ひじ》をかける。

「これが噂のアライグマ？」

虎徹はライアンの物言いに文句一つ言わず、バーナビーを優しく見つめる。

「やっぱり、スポットライト浴びてるお前、かっこよかったぞ」

バーナビーは何も応えなかった。というより応えられなかった。

どうして虎徹はシュナイダーに対し、怒りを感じていないのか？

彼に騙されたのは虎徹も同じはずだ。なのにどうしてそんなに冷静でいられるのだろうか。

シュナイダーはふと立ち止まり、そんな彼らの様子を窺って、わずかに笑みを浮かべた。

全てはシュナイダーの計画通りだった。

会社の利益のため、必要な人材だけを重用し、不必要な人間はドライに切り捨てる。

そこに情は一切ない。

それこそ大企業ガーゴイルテクニカを一代で築き上げた時代の寵児《ちょうじ》のやり方だ。

市内の建物のサーチライトがシュテルンビルトの夜空を照らしている。

その夜空の下、アポロンメディアのビル屋上で虎徹とバーナビーが語り合っていた。

「虎徹さんは納得してるんですか」

「ああ、ちょうどちょうど良かった」

ちょうど良かった。その言葉にバーナビーは困惑した表情を見せる。

「俺なんかと組むから、お前は二部なんだ。これ以上、足手まといにはなりたくねぇんだよ」

「そんなことありません」

「いいんだよ。気遣わなくて」

「いえ本当に」

「分かってるって自分のことくらい」

「でも僕は、虎徹さんとだから」

「正直、二部の方が都合いいんだわ。時間に融通利くし、楓との時間も取れるから」

「……」

「二部のが身の丈に合ってんだよ、俺には」

「……本気で言ってるんですか、それ」

「ああ」

バーナビーは言葉を失った。

虎徹はこれまで不屈の精神によって一部ヒーローとして第一線で戦い続けてきた。生涯現役を貫く生き様を示し続けてきた。

バーナビーはそんな男の背中に尊敬の念を抱き、今日までパートナーとして連れ添ってきたのだ。

彼の口から後ろ向きな言葉を聞きたくない。それがバーナビーの本心だった。

「その程度だったんですか。あなたのヒーローに対する想いは」

「二部はヒーローじゃねぇって言いたいのか？」

「……」

「やっぱり金か？」

一瞬、バーナビーは虎徹の言葉の真意を測りかねた。

「一部はギャラが違うもんな」

「それは……」

「別に責める気はねえよ。ただ俺とは考え方が違う」

「何が言いたいんです？」

「そろそろ別の道を進むのも悪くねぇんじゃねぇのか？」

「……」

バーナビーはただ立ち尽くすしかなかった。

その時、バーナビーのＰＤＡにヒーローの出動を知らせるアラーム音が鳴り響く。

「しっかりやれよ」

それだけ告げると、虎徹はその場を去っていった。

伝えたいことは山ほどあったが、うまく言葉に出てこない。

話せば話すほど、また説教ですか、なんて言われかねない。

ましてや出動指令が入ったバーナビーをこれ以上、引き止める理由はない。

後ろを振り向かせずに、前だけを向かせて、彼を一部ヒーローとして送り出す。

今の虎徹にできることは、ただそれだけだった。

一方、バーナビーは思いのほか素っ気ない虎徹の態度に悶々《もんもん》としていた。

今までの虎徹なら、こっちが呆れるまで説教じみた言葉を連ねてくるはずなのに。

きっとそれほどショックを受けているに違いない。

ここで復帰のタイミングを逸してしまえば、そうそう簡単に一部に戻ってこられないであろうことは容易に想像がついた。

しかしバーナビーにはどうすることもできない。

残酷だが、これが現実なのだ。

あくまで自分たちは企業に属するヒーローであり、会社の意向には逆らえない。会社が金を出し、ヒーロースーツを提供してくれるからこそ、彼らはヒーローとして活動できるのである。

会社は大勢の社員の生活を支える組織だ。たとえヒーローといえども一個人の要望が通るほど甘くはない。

それに今はそんなことを考えている場合ではない。一部ヒーローとして一刻も早く現場に出動しなければならない状況だ。

頭では分かっているのだが……思うように足が動かない。

彼をこのまま行かせてしまっていいのか？

もっと彼にかけるべき言葉があるはずじゃないのか？

全てを受け止めるしかないのか？

結局、バーナビーは答えが出ないまま、決意の表情で出動の準備に向かった。

市内ではヒーローTVの生放送が始まっていた。

自宅の大型テレビで楽しげに中継を眺めているシュナイダー。両脇には美女をはべらせ、高級なシャンパンを飲んでいる。

テレビ画面には、倒壊しかかっているオフィスビルが映し出されている。

現場周辺を飛び交う報道ヘリ。

マリオが危機的状況を煽るように実況している。

『緊急事態発生です！　アメジストタワーに亀裂《きれつ》が走った模様！　原因は未だ不明！　今にも倒壊の危機が！　一刻も早いヒーローの到着が待たれます！』

「おぉ、派手でいい、この事故。デビュー戦から運いいなぁ、あいつら」

シュナイダーは傍観者のように新コンビの活躍に期待を寄せている。

彼にとって市街地の惨状や人命の危機など他人事《ひとごと》でしかない。

関心があるのは、自分がプロデュースした新コンビ、ライアン&バーナビーがいかに鮮烈なデビューを飾るか、その一点だけだ。


アポロンメディアの正面玄関。

デザインが一新されたスーツに身を包んだバーナビーが一刻も早く現場に向かうべく、階段を駆け下りている。

道路脇には一台のダブルチェイサーが待機していた。

バーナビーの赤いチェイサーの側部にドッキングしているサイドカーが、タイガーのグリーンのチェイサーではなく、ライアン仕様のゴールドのチェイサーになっている。

その光景を見た時、彼の脳裏に懐かしい思い出が蘇《よみがえ》る。


——まだ虎徹とコンビを組んで間もない頃、ダブルチェイサーの運転席とサイドカーのどっちに誰が乗るかで虎徹と揉《も》めた日のことを。

先輩ヒーローにもかかわらず、サイドカーに座らされたことで虎徹がムキになる。

「なんで俺がこっちなんだよ！」

「お似合いですよ」

あの時、バーナビーは口うるさいパートナーだった虎徹に毎日辟易《へきえき》させられ、一刻も早くコンビを解消したいと思っていた。

しかし長い間、彼と共に過ごしてきた時間の中で、その想いは変わっていた。


「準備いいじゃん」

ふと背後から声をかけられ、バーナビーは現実に引き戻される。

声がした方を振り返ると、新パートナーのライアンが近づいてきていた。

バーナビーは特に返事をするわけでもなく、運転席に跨《また》がる。

「そっちいく?」と、ライアン。

「何か不満でも?」

「いやちょうど良かったと思ってよ」

そう告げると、ライアンはサイドカーにドカッと腰を下ろし、横柄な態度で足を投げ出してくつろいだ。

「ああ、楽ちん」

バーナビーはライアンを見つめ、言いようもない焦燥感に駆られていた。

別に彼と虎徹を比較しているわけではない。

虎徹とのコンビを勝手に解消されたことに不満を抱きつつも、結局は上からの指示に甘んじ、流れに身を委《ゆだ》ねることしかできない自分に対してだ。

だからといって、こんな気持ちのままでは新しいパートナーであるライアンに対しても失礼だ。

一体どうすれば……。

バーナビーがいつまでもダブルチェイサーを発進させずにいると、苛立ったライアンが声をかける。

「早く出せよ、ジュニア君」

バーナビーは唖然とした。突然何の前触れもなく、ジュニア君というニックネームで呼ばれたことに。とっさにライアンの方を振り向く。

「聞き違いでなければ今、僕のことジュニア君て」

ライアンは特にそう呼んだ意味や理由を語るわけでもなく、ただニンマリと笑みを浮かべるだけだった。

倒壊しかけていたオフィスビルの現場。

周囲にはどこからともなく奇怪な不協和音が響き渡る中、すでに到着していたヒーローたちが対応に追われていた。

ブルーローズはNEXT能力によって壊れた柱を凍りつかせ、急場凌《しの》ぎの支柱にすることで建物の倒壊をなんとか防ぐ。

そこへ遅れて駆けつけるドラゴンキッド、ファイヤーエンブレム、ロックバイソン、折紙サイクロン。

到着するなり奇怪な音にドラゴンキッドが違和感を抱く。

「ねぇ、変な音しない？」

「何なの？」と、ブルーローズも戸惑っている。

その時、倒壊する建物の重量を支えきれず、凍った支柱が崩れ去ってしまう。

建物は徐々に傾き始めている。

大声を上げ、危機的状況を実況するマリオ。

『うぉぉぉぉ、危ない！』

倒壊中のビルの屋上では、建物が倒れないようスカイハイが必死に支えながら、飛行している。

「ぬぉぉぉぉぉ！」

しかしヒーローといえども、たった一人で巨大なビルの倒壊を支えきれるわけもない。

そこへバーナビーとライアンを乗せたダブルチェイサーが到着した。

一刻を争う状況であることに焦ったバーナビーは、バーニアを噴射しつつ建物内部に向かってジャンプしようとする。

「今から行っても活躍できねぇぞ」と、ライアンがバーナビーを制する。

「そういう問題じゃない！　中に人が！」

いかにもヒーロー然とした正義感を振りかざすバーナビーに、ライアンは呆れた。

と、周囲の状況を見渡し、ビルが倒壊しかけている先にある二本の電波塔の存在に気づく。

瞬時に危機的状況を打破するための策を思いつく。

「しょうがねぇなぁ！　はぁ！」

ライアンはサイドカーからジャンプして付近に着地すると、地面に両手をつく。するとスーツの翼が大きく広がり、得意のＮＥＸＴ能力を発動した。

「どど〜〜ん」

周囲一帯が強力な重力場に支配された。

救助活動に当たっていたヒーローたちは全員、重力に耐え切れずに地面にへばり付いてしまう。

空を飛んでいたスカイハイもまた、重力に逆らえず地面へと落下していく。

『これはどういうことだ？　ゴールデンライアンが仲間の動きを封じてしまいました。これではヒーローたちが……』

スイッチングルームのモニターで一部始終を見ていたアニエスが思わず身を乗り出し、ライアンに通信を繋げて叫ぶ。

『ライアン！　故意に仲間の動きを止めるのは反則よ』

「いいのかよ。ビルが倒れちまっても」

アニエスはライアンの言葉の意味を理解できなかった。

ライアンの力によって救助中のヒーローの動きを封じてしまえば、倒壊していくビルを支えられる者がいなくなる。どう見てもライアンがヒーローの救助活動をただ邪魔しているようにしか見えなかった。

が、次の瞬間、倒壊中のビルの対面にあった二本の電波塔の土台が次々と崩壊。ライアンが生み出した重力場によって電波塔を支えていたワイヤーが次々と切れた。

すると電波塔は支えるものを失って、そのまま倒壊中だったビルの方へと次々と倒れていき、斜めに傾いていたビルを支えるように接触。そのまま『人』の字のようにビルと二本の電波塔が互いに支え合い、動きを止めた。

『なんと、電波塔を使ってゴールデンライアンがビルをブロック！』

「しゃ！　ブロ〜ック！」と、ライアンがマリオの実況を真似る。

発生し続ける重力場で身動きが取れない状況の中、バーナビーは苦しげにライアンに訊ねる。

「ですが、ここからはどうするつもりで？」

支え合うビルと電波塔のバランスが崩れて倒壊してしまう前にビルの中にいる市民を救助したいところだったが、ヒーローたちも重力場で動きを止められている。

つまりこのままでは市民を救えないことに変わりはない。

「頭使えよ、ジュニア君なら動けんだろ」

バーナビーはライアンの言葉の意味を瞬時に理解した。

彼はそこまで計算ずくでこんな危険な賭けに出たのか。

「クッ、うぉぉぉぉぉ」

バーナビーはハンドレッドパワーを発動し、飛躍的に身体能力を向上させた。重力に逆らうように身体を起こすと、倒壊中のビルめがけて全力でジャンプ。

自宅のテレビで中継を見ていたシュナイダーが思わず声を上げる。

「よし！　行け！」

『おおっと！　バーナビーも能力発動！』

バーナビーはハンドレッドパワーによる超跳躍でライアンの重力圏を突破。電波塔へと飛び移り、鉄骨の上を駆け抜けていく。

「早くしろよ、コンビで活躍しねぇと意味ねぇぞ」と、ＮＥＸＴ能力を発動した状態のまま呟くライアン。

「……しかしこんなやり方は」

バーナビーは戸惑いつつも、倒壊するビルから落下する青年を間一髪受け止めた。男性を抱えたまま電波塔の鉄骨を滑り降り、なんとか救出に成功する。

ライアンは青年の救助を確認すると、地面から両手を離し、ＮＥＸＴ能力の発動を止めた。

それによって解除される周囲一帯の重力場。

「ポイント取れればいいじゃねぇか」

そう告げると、ライアンも市民救助の援護に回る。

バーナビーとライアンはビルを支えている電波塔を駆け上がると、ビルから落ちてくる市民たちを次々とキャッチし、救助ポイントを量産していく。

そんな新コンビの活躍ぶりを茫然《ぼうぜん》と眺める他のヒーローたち。

「やられたでござる……」

「いいの、今の？」

と、怒り気味のブルーローズの横で、ロックバイソンも不満気に言う。

「反則ティックだよな……」

バーナビーは抱きかかえて救助した女性を地面へ下ろし、優しく語りかける。

「もうご安心を」

が、女性は取り乱した様子で叫んだ。

「私見たんです！　バケモノがビルを滅茶苦茶《めちゃくちゃ》にしてるとこ！」

「は？」

「大きな影が見えたと思ったらいきなり！」

駆けつけた消防隊員が取り乱す女性を必死に押さえる。

「落ち着いて下さい！」

取り乱した女性の言動がバーナビーの心に引っかかった。

彼女が見たバケモノというのは一体なんなのか、と。

「上出来上出来。やっぱかっこいいなぁ、現場に立ってるジュニア君は」

バーナビーの背後からライアンが現れ、慇懃無礼《いんぎんぶれい》な態度を見せた。

バーナビーの心境は複雑だった。

結果、誰一人死者を出すことなく救助に成功した。

ライアンが奇策を講じなければ、建物内の人々を救いきれず、取り返しのつかない被害が出ていたに違いない。

他のヒーローの動きを妨害したことに関しては到底許されることではない。しかし結果的にはライアンの発想によって被害者を出さずにすんだのだ。

一見、目立ちたがり屋なだけのいけ好かない男に見えたが、その裏には彼なりのヒロイズムが存在しているのかもしれない。

バーナビーは彼のことを見くびっていた気がし、少しばかりの自責の念を抱いた。


一方その頃、虎徹は街頭ビジョンでヒーローTVの中継の一部始終を見つめていた。

アポロンメディアの新コンビの活躍を、マリオが盛大に讃えている。

『一時はどうなることかと思われた人命救助、解決したのはなんと新コンビ、ライアン&バーナビー！』

スタジオで解説していたステルスソルジャーもまた、ライアンとバーナビーの功績を高く評価するように語る。

「素晴らしい連係プレー。初めて組んだとは思えません」

虎徹は少し寂しそうな笑みを浮かべ、ぼそりと呟く。

「おめでとさん……こっちも二部で頑張るわ」

これでよかったんだ、と虎徹は自分に言い聞かせていた。

もし同じ状況に自分とバーナビーで駆けつけたとしたら、はたして一人の被害者も出さずに救出できていただろうか、と虎徹は考える。

もちろんやってみなければ分からない。

しかしあれほどまでに鮮やかに救助を成功させる確信は、虎徹にはなかった。

ゴールデンライアンという新ヒーローは自己顕示欲の強い男ではあるが、実力は確かなようだ。

まだ若いバーナビーの今後のヒーロー人生を考えれば、今こそが新たな道へと踏み出す時なのだ。

街頭ビジョンには、報道陣に囲まれてヒーローインタビューを受けるバーナビーとライアンの姿が映し出されている。

見事に一部ヒーローとして復帰デビューを果たし、市民から喝采を受けている虎徹の元パートナーの輝かしい姿がそこにはあった。

一日の始まりを告げるように昇る朝日もいつかは必ず沈む。

全ての事象に永遠というものは存在しない。時の流れと共に移ろい、姿形を変えてはいずれ消えていく。そうやって世界は回っている。

ロートルヒーローも必ずいつかは表舞台を去らなければならない。

その《いつか》が今だっただけのことなのだ。

しかし虎徹は落ち込んでいるわけではなかった。

まだまだ二部ヒーローとして自分にやれることはある。ただ自分にできることを全うすればいい。

そう改めて決意すると、虎徹は街頭ビジョンに映るバーナビーに背を向けた。

新コンビ・ライアン&バーナビーを賞賛する市民の声が盛大に上がる中、その場を静かに立ち去っていく。

一方、新コンビ誕生に沸く街並みを、遠くのビルの屋上から眺めている謎の三つの人影があった。

立派な白い眉毛を生やし、眼光鋭く街中を睥睨《へいげい》する謎の老人。

艶《あで》やかな衣を身に纏う踊り子のような女。

顔を覆い隠す鉄仮面を被ったボクサー風の男。

彼らは皆、シュテルンビルトの街全体を巻き込む《ある計画》を思い浮かべ、不敵に口元を緩めた。

Chapter. 03
There is nothing new under the sun.

太陽の下に新しいものはない

銀髪の男の眼前には、前代未聞の奇妙な光景が広がっていた。

アポロンメディアの会議室のモニターに映っているのは、なんと猛獣とヒーローが対峙《たいじ》する合成映像。

『鮫《さめ》　VS　ロックバイソン』『鰐《わに》　VS　ドラゴンキッド』『グリズリー　VS　ブルーローズ』

シュナイダーが司法局のヒーロー管理官に対して新企画案を嬉々《きき》として語る。

「猛獣とヒーローのガチファイトなんて面白い企画でしょ？　NEXTなんて所詮《しょせん》人間とは言えないんだし、これくらいやんなきゃさ」

シュナイダーの荒唐無稽な提案をただ黙って聞きながら、ユーリ・ペトロフは射貫《いぬ》くような眼差しでシュナイダーを見据えている。

「何だよその目……」

シュナイダーがふてくされたように呟き、隣にいたヴィルギルに視線を向けた。

ヴィルギルはシュナイダーの意図を瞬時に察すると、キーボードを手早く叩き、モニターの映像を切り替える。

それはアポロンメディアを頂点としたシュテルンビルトの主要七大企業のヒエラルキーを示す関係図だ。

自分の企画に理解を示そうとしないユーリに向かって挑発的に語り出すシュナイダー。

「ヒーローTVを運営してるOBCはアポロンの子会社。つまり七大企業だって黙らせることもできちゃうの。後は君たち司法局が許可してくれるかどうかなんだけどなぁ」

一切表情を変えることなく、ユーリは淡々と答える。

「……分かりました。協議しましょう」

ようやく理解を示したことに、シュナイダーはひゅうと口笛を一発鳴らした。

「一つだけいいですか？……二部ヒーローの記載をお忘れですよ」

「ん？」と、シュナイダーはとぼけた。


シュテルンビルト市内の一角にある施設。

そこでは様々な事情で親と共に生活することができない子供たちが共同生活を送っていた。

施設の園長が段ボールいっぱいに詰まった玩具《おもちゃ》を前に、感謝の笑みを浮かべている。

「いつもありがとうございます。先日もお仕事の前にわざわざ」

「いえ、好きでやっているだけですから」

そう言って、段ボールの中の玩具をいじっていたのはバーナビーだ。

何気なく窓の外を見ると、中庭に子供たちの姿があった。子供たちに絵本を読み聞かせている先生の声が聞こえてくる。

「はるか昔、人々がまだ正義という言葉を知らなかった時代に、一人の女神がシュテルンビルトの大地に小さな町を創りました」

「もうすぐジャスティスデーなんですね。フェスティバルには？」

そうバーナビーに訊ねられた園長は伏し目がちに応える。

「連れていってあげたいんですがねぇ……」

絵本を読み聞かせている先生の声は続いている。

「町の人間は、欲望のままに略奪を繰り返しては、傷つけあっていました。見かねた女神は彼らに天啓を授けるべく、一匹の蟹《かに》を遣いに出します。蟹は告げました。『汝《なんじ》、己の業を悔い改めよ。さもなくば天罰が下るであろう』。ところが、人間はその言葉に耳を傾けることもなく、あろうことか遣いの蟹を食べてしまったのです。女神は哀しみに打ち震えると、唸《うな》り声を轟かせ、天空にその御姿を現します。するとどうでしょう。空からは鋼の剣よりも硬き尖《とが》った光の雨が降り注ぎ、牛や馬は恐れをなして海へと飛び込み、さらに多くの人々を眠りの病が襲います。彼らは悪夢を彷徨《さまよ》い続け……」

窓越しの中庭の様子を見つめながら、バーナビーはぼそりと呟く。

「懐かしいな、僕も昔両親に……」

その時、施設内のテレビから緊急ニュースの音声が流れ出す。

バーナビーと園長は何事かとテレビに視線を向けた。

テレビ画面には、アポロンメディアのロビーで二部ヒーローたちがヴィルギルに詰め寄っている姿が映し出されている。

「納得できないっす！」と、Ms.バイオレットが訴えかける。

「どうしてこんなことに」

スモウサンダーも普段のキャラとは違い、素のままで訊ねる。

が、ヴィルギルはタブレット端末に目を落としたまま、まるで簡単な数式の解答を告げるかのように、結論だけを端的に口にする。

「オーナーが役員会で提案したところ、すんなり通っちゃった……だそうです」

その物言いに腹を立てたチョップマンが思わず身を乗り出す。

「だそうですって何ですか！　直接話させて下さい！」

「オーナーはお会いする気はない……だそうです」

「ですから」と、畳みかけようとするボンベマン。

しかしヴィルギルは彼らの訴えには全く動じることなく、タブレット端末を操作して画面を二部ヒーローたちに見せた。

「最後に、皆さんへの一言が。バイバイ……だそうです」

ヴィルギルが見せたタブレット端末の画面には《ＢＹＥ‐ＢＹＥ》と書かれたシュナイダー直筆のメッセージが映し出されている。

本当にたったの一言だった。

日の目を見ない二部リーグの中で、彼らは彼らなりに街の平和の為に尽力してきた。にもかかわらず、まるで学生のような軽いノリで簡単に切り捨てられ、二部ヒーローたちは唖然として言葉も出なかった。

ヴィルギルは彼らに軽く会釈すると、建物のゲート内へと速やかに消えていった。

「お疲れ様です、オーナー」

一般社員が立ち入ることができないアポロンメディアのＶＩＰ用駐車場に上機嫌なロイズの声が

響き渡る。

揉み手をしながら彼が見送ろうとしていたのは、他でもないシュナイダーだ。

シュナイダーが専用車の後部座席に乗り込むと、ロイズは運転手に向かって厳しく指導する。

「おい、慌てず急いでお送りしなさいよ」

が、シュナイダーは後部座席のサイドウィンドウを半分ほど自動で開けると、煙たそうにロイズに声をかけた。

「君さ、いちいちいいよ、こういうの」

「え？」

「君ってなんか胡散臭《うさんくさ》い。そういう人間は近づけないことにしてるから」

「そんな……」

ロイズとの関係を断ち切るかのように、シュナイダーは無情にサイドウィンドウを閉じた。


一階に立てられたMr.レジェンドの彫像。階層ごとに商業エリアやレストラン街、そしてオフィスエリアが入っている総合ビル。シュテルンビルトの一角にそびえたつフォートレスタワーだ。

そのタワー内にある、最近雑誌で話題になっていた展望カフェでカリーナ、宝鈴、ネイサンがお茶をしていた。

宝鈴は溶けたクリームソーダをかきまぜながら、ふと呟く。

「思い通りにいかないことばっかりだよね」

三人の席のテーブル上には新聞が置いてある。

《アポロンメディア、ヒーロー二部リーグを廃止決定》と書かれた見出し文字。

「ボクもさ……新しい技がうまく出来なくて。雷を形にして動かせたら便利だと思ってさ。でも何回やってもダメなんだ」

突然、宝鈴が悩みを吐露し始めたが、ネイサンはその意味を分かりかねた。

「ごめん、何が言いたいの？」

「自分のことでも思うようにいかないのに、他人とか企業とか動かすのって、もっと大変なんだろうなって、タイガーさん」

二部リーグ廃止は、彼女たち三人にとって望まざるニュースだった。

なぜなら二部ヒーローの中には虎徹がいたからだ。二部リーグが廃止となれば、当然虎徹はヒーローを辞めざるをえない。

カリーナは沈鬱《ちんうつ》な表情で黙り込むばかり。

重苦しい空気を盛り上げるように、ネイサンが大げさにおどけてみせる。

「もぉ！　アタシたちまで暗くなってどうすんのよ！　スマイルスマイル！」

「いいわねぇ……ファイヤーエンブレムはいつも明るくて」

そう言ってカリーナは微笑んだ。

「だってアタシは悩みなんてないし、毎日ハッピーだもん」

ネイサンは二人を元気づけるように満面の笑みを浮かべた。

明るすぎず、暗すぎない、ダウンライトの明かりが大人びた雰囲気を演出している市内のバー。

その店内のカウンターで語り合う男たちの姿があった。アントニオとキースだ。

バーの奥ではイワンが無言でダーツを投げている。

「ひでぇ話だよ……」と、アントニオ。

「ショックだろうな、ワイルド君は」

「ああ、散々ヒーローTVに貢献してきたってのに」

アポロンメディアが一方的に下した決定に対してアントニオは不満そうな顔を見せるが、すぐに自嘲《じちょう》気味に微笑む。

「ま、俺みたいな人気ねぇヤツに心配されたら余計立場ねぇか」

するといつもはネガティブな発言が多いイワンが珍しく前向きに応えた。

「そんなことないです」

イワンはダーツの矢を的に向かって投げながら、思いの丈を語る。

「確かに人気はないけど、正面から犯人に向かっていくバイソンさんはど真ん中のヒーローですよ」

「ん？　そうか？」

「それに比べて、僕は擬態を活《い》かして背後から襲うくらいしか……」

イワンはダーツの矢を次々と的の中央に命中させると、上着のポケットに両手を突っ込んで俯《うつむ》く。

「こんな卑怯《ひきょう》なヒーローこそタイガーさんを心配する資格なんか……」

「私は君を認めているよ。認めている、君を」

キースがそう告げると、アントニオとイワンは堪《こら》え切れず、声を上げて笑い出した。

「スカイハイってちょいちょい妙な言い回しするよな。狙ってんのか？」

アントニオの質問に対し、イワンが横から解釈する。

「狙ってないのが、いいとこなんです」

確かにキースの喋《しゃべ》り方は妙だ。そこは認める。別の人間が狙って真似しようとすれば、たちどころにその場の空気を寒くさせることは間違いないだろう。他意のないキースが自然体で発する言葉だからこそ、愛らしく聞こえるのだ。

「私は狙っているつもりだよ」

キースの突然の爆弾発言に、アントニオとイワンは思わず絶句した。

「私だって日々、自分の気持ちを伝えようと真剣に狙っている。だけど何故か皆に笑われてしまうんだ」

そういう意味の『狙っている』か――これまでのキース像を根底から覆す発言ではないことを知り、アントニオとイワンは少しだけ安堵《あんど》した。

彼はただ、自分の思いを周囲にきちんと伝えたいあまりに、大事なことを二度言っているだけなのだ。にもかかわらず、彼の言い回しをからかい半分に笑ってしまっていたことに、アントニオとイワンは申し訳ない気持ちになった。

「そうか……」

「すみません、笑ったりして」

「いや、大したことないさ。私の悩みなんて……ワイルド君に比べたら」

虎徹にとって、ヒーローは彼の人生そのものだった。

その虎徹がヒーロースーツを剝奪《はくだつ》され、二度と活躍の場に立つことができないのだとすれば、これに勝る苦しみはないだろう。

ヒーローたちは皆、これまで共に戦っていた戦友である虎徹の境遇を心の底から案じていた。


「悪《わ》りぃな……兄貴にも迷惑かけちまって」

アパートの中、しょんぼりとした男の声が聞こえていた。

長年愛用し続けてきたアイパッチを見つめながら電話している虎徹。

電話の相手は虎徹の故郷、オリエンタルタウンで酒屋を営む虎徹の兄、村正《むらまさ》だ。

「今に始まったことじゃないだろ」

「……楓は?」

「もう寝てる。お前がクビになったって大騒ぎしてたから疲れたんだろ」

「そっか」

「……な、こっちへ帰ってきたらどうだ」

虎徹は返答に困っていた。

オリエンタルタウンに帰る。それはすなわちヒーローを辞めることを意味する。

辞めたくない。

しかし虎徹がいくらそう思っていても、二部リーグの廃止が決定してしまった以上、もはや彼にはヒーローを続けたくても続けられる場所がない。

かといって無職のままシュテルンビルトに居座り続けたところで何の意味があるのか?

それにオリエンタルタウンには娘の楓もいる。

ヒーローを辞め、父親として楓と一緒に暮らす人生だってある。

今が潮時なのかもしれない。

でも……。

自問自答を繰り返す虎徹。しかしいくら考えたところで答えは出るはずもない。

そんな虎徹の気持ちを察したのか、村正がぶっきらぼうな口調で告げる。

「……ま、ゆっくり決めろ」

「ありがとう、また電話するわ」

「じゃ」

村正は電話を切ると、やるせない気持ちで溜息をついた。

仕方ないことだ。どんな仕事にもいずれ終わりの時は訪れる。体力と人気が物を言うヒーロー業ならば尚更《なおさら》のこと。それでも人並み外れた身体能力を持つ虎徹ならば他に仕事はいくらでもあるし、生活に困ることはないはず。

しかしいくら考えを巡らせたところで無意味なことだと村正には分かっていた。

虎徹にとって肝心なのはヒーローであるか、そうでないか、の一点だ。

今の虎徹にかけてあげられる励ましの言葉など一つもない。

そして虎徹のことを心配していたのは村正だけではなかった。

少しだけ開いたドアの隙間から、楓が虎徹と村正の電話を盗み聞きしていた。

楓は知っていた。

虎徹がヒーローという仕事にどれほどの情熱を傾けてきたのかを。

楓もヒーローとして活躍する父の姿を見るのが楽しかった。嬉しかった。誇りだった。

もし虎徹がオリエンタルタウンに帰ってくれば、ずっと一緒に暮らせる。

それは楓にとって嬉しいことでもあり、嬉しくないことでもあった。


一方、電話を切った虎徹は部屋に飾ってあった写真立てを見つめた。

写真には楓の母親であり、病気で他界した虎徹の最愛の妻、友恵《ともえ》が写っている。

『あなたはどんな時でもヒーローでいて。約束よ』

それが病室のベッドで告げた友恵の最期の言葉だった。

虎徹はその言葉を支えに、ガムシャラにヒーローを続けてきた。

しかし友恵の想いに応えることはもう、できない。

虎徹はぼんやりと天井を眺めると、おもむろにポケットから携帯を取り出した。携帯電話を操作すると、画面にバーナビーの電話番号を表示させる。

コールボタンに指をかけようとして、躊躇《ためら》う。

バーナビーに電話をかけて一体何を話すというのだ?

彼だって困るだろう。こんな状況で俺になんて言えばいいか戸惑うに違いない。

虎徹はコールボタンから指を外し、そっと携帯電話をしまった。


ちょうどその頃、虎徹の電話番号を表示させた携帯電話を手にしていた人物がいた。

バーナビーだ。

必要最低限の調度品しかないがらんとした自分の部屋の中で逡巡《しゅんじゅん》している。

眼前のテーブルの上、ＰＣのモニターには二部リーグの廃止によってアポロンメディアをリストラされたワイルドタイガーのニュース記事が映し出されていた。

虎徹に電話をかけて一体何を話せばいいというのだ？

片や一部ヒーローとしての将来が約束された身。

彼がどれだけヒーローとしての道を断念せざるをえなくなった身。

彼からヒーローという職を奪うことはすなわち、鳥から翼を奪うことと同じだ。

どれだけ言葉を選んで彼を励ましたところで良い結果を生み出せそうにない。

バーナビーは苦渋の思いで、そっと携帯電話をしまった。


カリーナは、自室で勉強に励んでいた。

彼女はヒーローとして活躍する傍ら、現役の高校生でもある。学生の本分である勉強を怠るわけにはいかない。彼女がシュテルンビルト市民の中で最も多忙な高校生であることは言うまでもないだろう。

しかしこの時、彼女が熱心に勉強していたのにはもう一つ理由があった。

なんでもいいから手を動かしていないと落ち着かない気分だったからだ。

それほどまでに虎徹引退という事実は、彼女の心に重く伸《の》し掛かっていた。

その時、カリーナの携帯電話が着信し、勉強机をぶるぶると揺らした。

ノートにペンを走らせながら、携帯の画面には目もくれずに電話に出るカリーナ。

「はいはい」

「あの、ブルーローズさんですか？」

聞き覚えのある可愛らしい声が携帯電話の受話口から聞こえてきて、カリーナは思わず勉強の手を止める。

「え？」

「楓です。ワイルドタイガーの……」

「楓ちゃん？」

「うん。前に何かあったら連絡してって言ってくれたでしょ。だから……迷惑だった？」

カリーナと楓はまだ数えるほどしか会ったことがなかった。にもかかわらず楓が電話をかけてきたということはよっぽどのことに違いない。

もはや勉強どころの気分ではなくなり、カリーナは楓の声にしっかりと耳を傾ける。

「全然。結構遅くまで起きてるんだね」

「お父さん……すごい落ち込んでるみたいで……けど、私じゃどうしていいか……」

楓の声は消え入りそうなほど小さく、わずかに震えていた。

カリーナは胸を締め付けられる思いだった。

シュテルンビルトのヒーローファンなら誰もが一度は訪れたことがある名物店、それがヒーローズＢＡＲだ。

　各社ヒーローの関連グッズや、レジェンズコーラに代表される往年のヒーローたちの名前を引用したリーズナブルなメニューが揃い、店内のモニターではヒーローＴＶの生中継はもちろん、これまでに放送されたヒーローＴＶのセレクション映像を堪能できる人気店である。

　その店内で、虎徹は元上司のベンと酒を酌み交わしていた。

「これからどうするんだ？」と、心配そうにベンが訊ねる。

「ま、とりあえず二部リーグが復活してヒーロー業が再開できるようになるまで適当にやりくりしますよ」

　二部リーグ廃止はあくまで一時的なものに違いないと、虎徹は無理にでも楽観的に捉えようとしていた。

「……そうか」

　ベンが応えられる言葉はそれしかなかった。

　実際のところ、この先、二部リーグの制度がどう扱われるかはベンにも分からない。

　何しろ決定権を持つのは曲者のシュナイダーだからだ。

「……でもその間の生活費はどうするんだ？　すぐ復帰できるとも限らないぞ？」

「そこなんですよねぇ。多少の蓄えはありますけど、実家にも金入れなきゃならないし……」

　その時、虎徹がわざとらしく今思い出したかのような口調で訊ねる。

「あ、そういえばベンさん、トップマグ辞めた時って……？」

　虎徹の言葉の意図をすぐに察するベン。

「……ったく、まさかお前に俺の前の職場を紹介する日が来るとは思ってなかったよ」

「さすがベンさん！　話が早い！」


シュテルンブリッジを走る一台の車。

車内のカーステレオからはブルーローズの曲『GO　NEXT』が流れている。

ブルーローズの熱狂的なファンの運転手が、上機嫌にブルーローズの曲を口ずさんでいる。

「ローズちゃ～ん！」

そこへどこからともなく奇妙な唸り声が響き渡る。

「ん？」

運転手は車の前方を見た。

数十メートル先、橋の車道の上で、一人の美しい女が踊っている。

黒の布地にピンクのラインを施した露出度の高い民族衣装に身を包み、同様のデザインの大きなヴェールを頭に被った、小麦色の肌の女だ。

このままでは衝突してしまう。そう思った運転手は慌てて急ブレーキを踏んだ。

が、スピードを出していた車の勢いは止まらず、踊り子の女めがけて突っ込んでいく。

慌ててハンドルを切る運転手。

「わぁ！」

方向感覚を失った車はそのまま、近くを並走していた二台のトレーラーに激突。トレーラーの荷台に載っていた馬や牛が悲鳴を上げた。

そのまま三台の車両は横滑りして橋の柵《さく》を破り、直下の運河へと転落。次々と水没していった。

「は？」

静かなアポロンメディアのメカニック室の中で、ライアンのぶしつけな声が響き渡った。

ヒーロースーツのメカニックを担当している斎藤《さいとう》さんに呼ばれ、バーナビーとライアンがやってきていたのだ。

白衣を着た斎藤さんが椅子にちょこんと座ったまま何事か呟いている。

「…………」

しかし何を言っているのか全く聞き取れない。

斎藤さんはそのままモニターの方へと向き直ると、端末を操作し始めた。

「え？」

一体何が行われるのか全く理解できないライアン。思わず斎藤さんに歩み寄る。

斎藤さんの蚊の羽音のような声を聞き取る為だ。

「……これが私の開発したスーツ、こっちがお前の以前着ていたクソスーツだ」

「スーツが何？」

斎藤さんはおもむろにモニターのスタートボタンを押した。

するとモニターの前面に張られたガラスの奥のスペースに、全自動アームによって二つの異なるスーツが運ばれてくる。一つは以前までライアンが着用していた旧スーツ。一つは現在ライアンが着ているアポロンメディアの新スーツだ。

スーツは自動的にスーツ内部に送り込まれた空気によってみるみるうちに膨張。やがて旧スーツがその膨張に堪え切れず、破裂音を響かせて大破した。もう一方の新スーツはいくら空気を注入して膨張させても全く破裂しない。

斎藤さんは得意げにライアンを見て、ニッと口元を緩めた。

「くだらねぇ～、俺が着ればスーツなんて何でもいいんだよ」

ライアンのドライなリアクションに落胆する斎藤さん。

「……タイガーはいいリアクションくれたのに」

「はあ？　何？」

ライアンは斎藤さんの声が聞き取れずに苛立つ。

二人の傍にいたバーナビーはやれやれといった表情で呆れるばかり。

斎藤さんは自分が作ったヒーロースーツに絶対の自信を持っている。

彼が新旧のスーツを比較するのは、彼なりの自慢と自負の念からであり、斎藤さんって凄いんだと思わせる為のお決まりのパフォーマンスだった。

そんな彼が、ライアンを相手に初めてちょっとした挫折《ざせつ》を味わったのだ。

傍《はた》から見れば、小さいことに見えるかもしれないが、斎藤さん的には今年一番の衝撃だったに違いない。

その時、バーナビーとライアンのＰＤＡが出動を知らせるコール音を鳴らせる。

即座に反応し、コールに応じるバーナビーとライアン。

ＰＤＡからはアニエスの声が聞こえてくる。

『シュテルンブリッジで大事故よ！　すぐ救助に向かって！』

タクシーの後部座席で、一人の女性客が腕時計をチラチラと確認しながら苛立っている。

「ねぇ、急いでほしいんだけど」

「すんません！　どうもこういうのに疎くて」

そう言って不慣れな手つきでカーナビを操作しているタクシー運転手。虎徹だ。

タクシー会社に採用された際、虎徹は簡単にカーナビの操作についてレクチャーを受けた。はずだったのだが、元々説明書の類が苦手だった虎徹は軽く聞き流していたのだ。

ヒーローとして街の土地勘があった虎徹はカーナビなど使う必要がないと思っていたからだ。ところが女性客が最近新しく出来たビルの名前を出してきたため、虎徹はカーナビを使わざるをえなかったのだ。

女性客はもたついている虎徹に呆れ返る。

「もういいよ、おっさん！」

と、愛想を尽かし、料金も払わずタクシーを下りていってしまう。

「あ、お客様！」

こんなことならカーナビのレクチャーをしっかりと受けておくべきだった。

虎徹は深く後悔し、逃がした客を惜しむように窓の外に目をやった。

その時、一台のパトカーが物々しい様子で対向車線を走り去っていく。

何事かと思い、虎徹は眉をひそめた。

ヒーローTVが緊急オンエアを始めた。

画面はシュテルンブリッジを俯瞰《ふかん》で映し出している。

橋の下を流れる運河には、沈みかけている車やトレーラー、そして馬や牛たちの姿。

出動していたヒーローたちによって救助活動が行われる中、マリオが状況を実況する。

『えー、こちら現場です。何台もの車が突如、橋から落下したとのことです』

各社ヒーローたちが、水没したブルーローズファンの運転手や馬、牛たちを次々と橋の上に運び出していく。

この大惨事によってシュテルンブリッジへの車両の進入は制限され、入り口は大渋滞になっていた。交通整理に駆り出された警官が「下がって下がって」と渋滞中の車両の運転手たちに声をかける。

タクシーで渋滞付近まで来ていた虎徹が警官に駆け寄る。

「おい、何があったんだ?」

虎徹は事故現場に向かうべく橋の中へ進もうとする。しかし警官がそれを制する。

「ダメだよ君」

「と……俺だよ。ワイルドタイガーだって」

普段着用しているアイパッチを懐から出し、装着してみせる虎徹。自分がワイルドタイガーであることを警官に示せば、いつものように事故現場に入れると思っていたからだ。

しかし警官は虎徹の進入を許可せず、立ち塞《ふさ》がる。

「あなたはもうヒーローじゃない」

「！」

「規則ですから、一般人の立ち入りは……」

自分がワイルドタイガーであると認識してもなお進入を拒む警官の態度を目の当たりにし、虎徹は言い様のない気分になった。

一般人。それが今の虎徹に対する世間の扱いなのだ。

何か事件が起きても、手を差し伸べる資格を持たない。

もう彼はヒーローではないのだから。


救急隊員による治療を受けながら、ブルーローズファンの運転手がヒーローたちに事故当時の状況を説明している。

事故の原因が、橋の上に突然現れた踊り子の女のせいだと知ったロックバイソンが思わず聞き返す。

「女？？？」

「ええ……急に飛び出してきたんで、ハンドル切ったら……海に……」

そう言いながらも、運転手は憧れのブルーローズをチラチラ見ている。

災難に巻き込まれたことは彼にとって不運だったが、憧れのブルーローズを間近で拝めたことはある意味幸運でもあったのかもしれない。

「それで、そのレイディは？」

「それが……轢《ひ》いたと思ったんですけど、どこにも姿が……」

スカイハイの質問に対し、曖昧《あいまい》な供述を繰り返す運転手の態度に、ロックバイソンは疑いを抱く。

「嘘くせぇ！　事故ったのごまかそうとして……」

「いや、本当なんです！　変な唸り声がしたと思ったら、突然目の前に女が」

「唸り声？」と、引っかかるファイヤーエンブレム。

「それってこないだ鳴ってたやつ？」

ドラゴンキッドのひょんな発言に、ヒーローたちは疑問を抱く。

「ほら、ビルが倒れかかっている時に聞こえた『ううぅ』みたいの」

「そうです！　そんな音でした」

運転手はそう答えつつ、またチラリとブルーローズを見る。

運転手の視線が気になり、ブルーローズは思わず声を漏らす。

「え？」

すると今度は折紙サイクロンがヒーロー一同に疑問を投げかける。

「では、この一件と先日の事故が関係してるってことでござるか？」

するとバーナビーが顎に手を当て、以前施設で耳にしたこの街の伝説の話を思い出す。

それは女神が業深き人間に下した天罰の数々。

哀しみに打ち震えて唸り声を轟かせながら女神が天空にその御姿を現すと、空から鋼の剣よりも硬い尖った光の雨が降り注ぎ、牛や馬は恐れをなして海へと飛び込む。そして多くの人々を眠りの病が襲い、彼らは悪夢を彷徨い続けた。

これが単なる偶然だとバーナビーは思えなかった。

「女神の伝説……」

「ん？　何？」と、ライアンが思わず訊《き》き返した。

「いや、一連の事故が伝説に酷似している気がして」

「は？」

「女神が唸り声を響かせ、光の雨が降り注ぎ、建物は破壊され、牛、馬は海に落ちていった。もしかしたら何者かが伝説を模して事件を」

「考えすぎだろ」

と、ロックバイソンが呆れたように告げる。

「しかし……」

「百歩譲ってそうだとしても、女神なんて出てきてねぇぞ」

ヒーローたちは不可解な現象が相次いでいることに只《ただ》ならぬ不安を感じていた。

どんなに文明が発達し、新たな技術や新たな歴史が生まれたと思っていても、この世の事象は全て先代が残した、あるいは時代と共に受け継がれてきた事象が形を変えているに過ぎないという。

想像を絶するほど長い年月をかけ、この星を見てきた太陽だけが知っているのかもしれない。

歴史は繰り返す、と。

もし女神の伝説が形を変えて現代で繰り返されるとしたら、シュテルンビルトにどのような災いが訪れるのか……。

するとヒーローたちの会話をスイッチングルームで聞いていたケインが、突然通信上から会話に口を挟む。

『あの、皆さん』

「！」

『女神の話なんですけど、実はこないだ取材した猫屋敷の婆さんが言ってたんです。気味の悪い音が響いて、窓ガラスが割れた時、女神の影を見たって……さすがに信じられなくて聞き流してたんですが……』

ケインの証言を不審に思い、スカイハイが反芻《はんすう》するように呟く。

「女神の影……」

「じゃあその割れたガラスってのが光の雨？」

ドラゴンキッドの言葉を聞いたバーナビーが思い出したように口添えする。

「そういえば、ビルの窓ガラスが割れた時も大きなバケモノの影を見たという人が」

「それが女神様ってこと？」と、半信半疑のファイヤーエンブレム。

「ねぇ？　伝説だと次って……」

恐る恐る訊ねるブルーローズに、折紙サイクロンが答える。

「確か、眠り病が蔓延《まんえん》……」

呆れたライアンが会話の腰を折るように声を荒らげた。

「おいおいもうやめようぜ、バカバカしい」

その時だった。ヒーローたちの周囲から再びどこからともなく唸り声が響き渡る。

音に反応し、周囲を見上げるドラゴンキッド。

「この音……」

すると通信を介して、アニエスから矢のような指示が飛ぶ。

『みんな！　すぐに出所探って！』

ヒーローたちは即座に唸り声の発生源を突き止めるべく、四方八方へと散った。


ロックバイソンと折紙サイクロンは唸り声の発生源を探るべく、シュテルンブリッジ付近にある美術館の敷地内に駆けつけた。

この周辺から聞こえていた気がしたのだが、不審な形跡はない。

「むう？　急に聞こえなくなったな」

「で、ござるね」

空から声の発生源を探っていたスカイハイが二人のところに降下してくる。

「君達はどう思う？　さっきの女神の話」

「拙者は、決めつけるにはまだ」

「ちょっとオカルティックだもんな」と、少しおどけるロックバイソン。

きっと単なる偶然に違いない。

誰もがそう思ったその時、再びどこからともなく唸り声が響き渡った。

今度は近い。この付近から不審な声が発生しているのは間違いない。

三人は同時に声がする方を見上げた。

すると高台に一人の不審なボクサー風の男が立っている姿を発見する。

パーマヘアーのリーゼントに、口を覆うように装着された鉄製のマスク。屈強な肉体にシルバーを基調としたスーツを纏った男だ。

次の瞬間、ボクサー風の男はＮＥＸＴ能力を発動。身体を発光させながら大声を轟かせる。

「あいつ……か！」

「オオオオオオオオオオ」

唸り声は間違いなくその男の口から発せられているものだった。

しかもＮＥＸＴ能力によるものなのか、その声は強烈な音圧となってヒーローたちに襲いかかる。

びりびりと響くような音圧が彼らの鼓膜を刺激する。

しかも強烈な音圧は大気を激しく振動させて、強烈な突風のように襲いかかり、ヒーローたちは堪らず倒れかかる。

次の瞬間、ヒーローたちの付近の窓ガラスが一気に割れる。

窓ガラスの破片は鋭利な刃物と化し、倒れ込むヒーロー三人の頭上からまるで光の雨のように降り注いでくる。逃げ切れない。無数のガラスの破片がヒーローたちに降りかかる。

高台にいたボクサー風の男はその様子を確認すると、唸り声を上げるのをやめ、悠然とその場を立ち去っていく。

バーナビーが操縦するダブルチェイサーが、シュテルンビルト市街地の裏通りをゆっくりと走行していた。

不審な兆候がないかどうか、バーナビーが周囲に目を光らせる。

それとは対照的に、サイドカーの席ではライアンがリラックスムードで風に当たっている。

「ふぅ……いい風♪」

「真面目にやって下さい」

その時、バーナビーは道路前方に立つ女性の後ろ姿を発見した。

露出度の高い民族衣装。大きなヴェール。小麦色の肌の女。

水没した運転手が証言していた踊り子の女に間違いない。

衝突を避ける為、バーナビーが思わずブレーキをかけると、そのままダブルチェイサーは横滑りしていく。

焦ったライアンが道路上に突っ立っている踊り子の女に怒号を浴びせる。

「うおっ、危ねぇだろ！　おい！」

ライアンの声に反応するように、踊り子の女が優雅に振り返る。

「こいつ！」

次の瞬間、バーナビーとライアンは眼前の光景に目を疑った。

なんと踊り子の女と瓜二つの女が道路の至るところから次々に姿を現し、一斉に踊りを舞い始めたのだ。

「……おいおい、五つ子か？」と、ライアン。

「いえ、これはＮＥＸＴ能力ですね」

そんなことは百も承知だ。

ライアン流のジョークのつもりだったのだが、組んでまだ日が浅いパートナーには通じていなかったらしい。

「冗談だよ。うわ、真面目～」

バーナビーはバーナビーで、紛らわしいジョークで混乱させるライアンを面倒に感じた。

無駄話をしている時ではない。今は一刻も早く原因を究明し、脅威に対して未然に対処しなければならない。

踊り子の女を不審に思ったバーナビーは、バーニアを噴射させてジャンプすると、五人の女のうちの一人に触れようとした。

が、次の瞬間、その女は跡形もなく消え去った。

確かに女に触れたはずのバーナビーの手に感触はない。

それどころか、その女からは人の匂いも気配も感じられない。

続けざまに他の四人の女に接近し、手を伸ばすバーナビーだったが、どの女も実体がないまま次々と消失していく。

一体、彼女の目的は何なのか？

道路上に突然姿を現し、混乱させる意図とは？

バーナビーとライアンは只ならぬ事件の気配を感じ取っていた。


一方、ベイエリアの遊歩道では、ファイヤーエンブレムが付近の警戒に当たっていた。

手分けして付近を捜索していたブルーローズとドラゴンキッドの声がＰＤＡ越しに聞こえている。

『どう？　そっちは』

『ボクの方は何にも』

「こっちも空振りって感じ。一旦合流しない？」

『うん』

「もぉ振り回されるのってホント嫌。どうせだったら振り回す方が……」

と、ファイヤーエンブレムが独り言を呟いた時、前方のストーンサークルパークで大勢の市民と警官が倒れている姿を発見した。

まるで昼下がりに日向ぼっこでもしているように集団睡眠しているその様は異様だった。

「何よあれ？」

よく見ると、倒れていた人々の中で、一人だけしゃがんだまま覚醒《かくせい》している老人の姿があった。

禿《は》げた頭に立派な白い髭を生やし、紫を基調とした道着に身を包んでいる。

彼なら何か知っているかもしれない。

そう思ったファイヤーエンブレムが老人に近寄り、事情を訊ねる。

「何があったの？　おじいちゃん」

「……これはこれは。はじめまして」

「はぁ？」

「……残念ですねぇ。お会いしたばかりですが」

老人はそう告げると、ファイヤーエンブレムに向かって両手を構え、突然ＮＥＸＴ能力を発動。

手の平から白い光を発する。

油断したファイヤーエンブレムは反応が遅れ、はじけた白い光を浴びた。

白い光に温かく包み込まれたファイヤーエンブレムは次第に意識が混濁し、その場に倒れて深い眠りに落ちてしまう。

謎の老人は不敵な笑みを浮かべた。

と、背後に何かの気配を感じ、とっさに振り向く。

そこへ電撃を纏った棍棒を振りかざし、ドラゴンキッドが飛びかかってくる。

「サァ！」

老人は只者ではない身のこなしで、ひらりとドラゴンキッドの攻撃をかわす。空振りしたまま地面に叩きつけた棍棒がバチバチと電撃を拡散する。

ドラゴンキッドは間髪容れずに老人の方に向き直ると、棍棒で老人を何度も突く。

大抵の犯罪者であれば、彼女の動きを目で追うことすらできない。それほどの俊敏な攻撃にもかかわらず、何度攻撃してもその老人にはかすりもしない。

「いいんですか？　私と戯れていて。お仲間の一大事ですよ」

老人が意味深な眼差しを一方へと送る。

ドラゴンキッドが視線の先を見ると、気絶しているファイヤーエンブレムの姿に気付く。

まさかファイヤーエンブレムほどのヒーローが……やられた？

と、河の方からやってきたブルーローズが緊急事態に気付き、ファイヤーエンブレムに駆け寄る。

「大丈夫？　ねぇ？　ねぇ！」

必死にファイヤーエンブレムの身体を揺するブルーローズだが、まるで反応がない。

あの老人の仕業に違いない。そう思ったドラゴンキッドが老人の方にキッと視線を戻す。

が、周囲にはすでに老人の姿はなかった。

「あ……」

ベイエリアに聳《そび》え立つビルの屋上に、街を睥睨する二対の眼差しが光っていた。

一人は踊り子の女。名はカーシャ・グラハム。

もう一人はボクサー風の男。名はリチャード・マックス。

「ああいう派手な感じ、嫌いじゃないわ」

カーシャが自らの計画を自画自賛し、悦に入っている。

そこへ謎の老人、ジョニー・ウォンが合流し、声をかける。

「そちらも抜かりはなかったですかな？」

「ああ、一通り挨拶してやった」

計画通りとばかりにマックスが不敵に口元を緩める。

カーシャが装着していた指輪をいじると、ホログラムのモニターが浮かび上がる。

そこには女神の伝説と思われる一文が映し出されている。

《全てが無に還《かえ》る時は近い》

結局、誰一人として乗客を運ぶことができないまま、一台のタクシーが街中の路肩で暇を持て余していた。

帽子を深く被った虎徹が運転席で休んでいる。

コンコンコン、と窓を三回ノックする音が聞こえた。

虎徹が顔を上げると、後部座席のドアを開け、一人の男性客が乗車する。

「12番ストリートまで」

「はいよ」

虎徹がバックミラー越しに確認すると、乗客はなんとロイズだ。

「おろ！　ロイズさん！」

「ああ？」

虎徹はタクシーのギアを入れ、アクセルを踏んでタクシーを発進させる。

「ベンさんが紹介してくれたんですよ。二部が再開するまでの繋ぎとして」

「二部再開の当てはないよ。少なくとも七大企業は君と契約することはない」

虎徹は苦笑いするしかなかった。

しかし虎徹だって何も考えずに楽観的に構えていたわけではない。その可能性だって十分ありうることは当然考えていた。だからといって悲観していても何も始まらない。必ずまたいつか復帰のチャンスがある。そう信じて今は前を向くしかない。

「……ま、今や世界中にヒーローTVみたいな番組もあるし、いざとなったら」

「少しは現実を受け止めた方がいいんじゃないのか？」

遮るように告げられたロイズの言葉は、今の虎徹には痛い一言だった。

分かってはいたが、気付いていない振りをしていたからだ。

いや、気付いていない振りというよりも、気付きたくなかったというのが彼の正直なところだろう。

　そうこうしているうちにタクシーは目的地だったロイズの自宅前に到着した。

　虎徹がタクシーを止めると、ロイズは速やかに料金を支払い、下車した。

　去り際、ロイズは虎徹に告げる。

「いつまでも夢を見てないで、現実の中で妥協した方が君の為だと思うがね」

　会社を去った人間に対し、ロイズが厳しい言葉をかけたのにはそれなりに理由があった。

　人生の先輩として、会社からの洗礼を浴びた虎徹の苦しみを十分理解している。

　ロイズもまた、若い頃から社内で理不尽な人事に振り回され続けてきた一人だったからだ。

　しかしそれは彼らに限ったことではない。

　時には流れに身を任せ、与えられた環境の中で最善を尽くすことが社会人に課せられる使命だ。

　ましてや養わなければいけない家族がいれば尚のことである。

　苦しむのが自分だけであれば、気が済むまで理想を追い求めればいい。

　しかし守るべき者を見失ってはならない。

　虎徹には守るべき家族がいる。

　そしてそれがかけがえのない人生であることをロイズは知っている。

　ロイズの厳しい一言に虎徹は返す言葉がなかった。

　虎徹にとって『妥協』という二文字は最も嫌いな言葉の一つだ。

　しかし世知辛い社会で生きていく上では、時として不可避なことでもある。全力で壁にぶち当たるばかりが、最善の結果を生むとは限らない。今の虎徹の状況を考えれば尚のことだ。

ロイズが自宅に向かうと、家の玄関から五人の子供たちと奥さんが出迎える。

普段、会社で働くロイズしか見たことがなかった虎徹にとっては新鮮な光景だった。

別に何も不思議なことではない。ロイズにだって家族はいる。家族の生活の為に日夜働く一家の大黒柱なのだ。まさか子供が五人もいるとまでは思わなかったが……。

ロイズは手にした紙袋を子供たちに見せる。

「ほぉらプレゼントだぞ」

「わぁ――――」

「ははは」

子供たちが喜ぶ姿を見て、普段見せたことがない柔和な笑みを浮かべるロイズ。

「お帰りなさい、あなた。お仕事どうだった？」

「問題ないよ」

ロイズ一家は皆、幸せそうな笑顔を見せ、家の玄関の中へと吸い込まれていった。

その光景をぼんやりと見つめている虎徹。

そうだ。

虎徹にだって守るべき家族がいる。

娘の楓や、母の安寿《あんじゅ》、兄の村正。

中途半端な身の振り方をしたまま問題を先延ばしにすれば、家族にだって迷惑をかける。

そろそろ潮時かもしれない。

現実的には虎徹はすでにヒーローを廃業している身だったが、気持ちの上でもヒーローを引退するという選択肢が虎徹の脳裏に見え隠れしていた。

謎の老人からの奇妙なＮＥＸＴ能力によって昏睡《こんすい》していたファイヤーエンブレムは、ブルーローズとドラゴンキッドの救助によってシュテルンビルト市内の病院に搬送されていた。

ヒーロースーツを脱がされ、ベッドで安静にしていたネイサンがふと目を覚ます。

ところがそこは搬送された病院ではない。学校の保健室のような場所だった。

「ここって……」

ネイサンは気付いていない。

そこが自身の精神世界であることを。

ネイサンはベッド上で身を起こすと、目の前の不思議な光景に気付く。

ベッドに横になっているのは、学生時代の同級生だった一人の男子学生。

その脇には学生時代の若かりしネイサンがいる。

若きネイサンはこっそりと手を伸ばすと、ベッドで眠っていた男子学生の唇を指でなぞる。

次の瞬間、男子学生が突然起き上がり、ネイサンの手を強引に振り払う。

「やっぱり！　噂は本当だったんだな！　お前！　気持ち悪いんだよ、ネイサン！」

その光景を見ていたネイサンは思わず絶句する。それは忘れかけていたネイサン自身の過去の記憶に他ならなかったからだ。

するとネイサンの身体が突然、花びらとなって散って消えた。

舞い散る花びらはそのまま保健室のベッドの上にいたネイサンを囲む。

ネイサンは取り乱したように呼吸を荒らげた――。

シュテルンビルト市内の病院の一室は猛火に包まれていた。

昏睡状態に陥り、ベッドに横たわっていたネイサンが無意識のままＮＥＸＴ能力を暴走させ、炎を吹き上がらせていたからだ。

見舞いに来ていたヒーローたちは戸惑い、迂闊《うかつ》にネイサンに近寄ることもできずにいた。

幸い、スプリンクラーから病室内に噴射されている水を、カリーナのＮＥＸＴ能力によって氷の粒に変えることで延焼を最小限に食い止めていた。

「じゃあずっとこのままってこと？」

傍でキース、イワン、アントニオ、宝鈴、そしてバーナビーとライアンが見守る中、医師は沈痛な面持ちでネイサンの症状について語る。

「脳波は浅い催眠状態と同様の反応です。目を覚ますかどうかは本人次第かと……」

そこへアニエスから通信が入り、ファイヤーエンブレムと同様、ベイエリアの遊歩道に倒れていた他の患者たちの診察状況が伝えられる。

『他の被害者もファイヤーエンブレムと同じ症状ね。まだ誰も意識が回復してないって』

一連の事件は偶発的に起きたものではない。ヒーローたちの誰もがそう予感していた。

なぜなら女神の伝説を模した事件が次々と発生していたからだ。

「眠りの病……これで伝説通りになってしまった」と、キース。

アントニオは自分の太ももをパンと叩き、苛立つ。

「何モンだよアイツら！　何が狙いなんだ……」

『世直しのつもりかしらね』と、アニエスの声が聞こえる。

「世直し？」と、宝鈴が訊き返す。

『伝説で女神は、人々を悔い改めさせる為に災いを起こした。一連の事件で死者が出てないことから考えても……』

キースの背後に隠れていたイワンがぼそりと呟く。

「思想犯か……」

唯一、その会話についていけない者がいた。ライアンだ。

彼はシュテルンビルトに来てまだ日が浅い。当然この街に伝わる古き女神の伝説のことなど知る由もない。沈鬱な空気を断ち切るような軽い口調で喋り出す。

「なぁなぁ？　で、結局その女神って何すんだよ？　伝説で」

「は？　知らないの？」と、カリーナが素っ気なく応える。

「知らねぇよ！　この街の人間じゃねぇんだから。で何？」

ずっと黙ってネイサンを見つめていたバーナビーが静かに口を開く。

「……女神から数々の天罰を下されても尚、正しい心を持とうとしない人間たち。最後に女神は全てを無に還すべく、町を覆いつくすほどの暗く深い大穴を空けます。暗闇へと落とされた町の人達はそこで、初めて醜い己の行いを悔い、正義の心を宿し始めたんです」

「え？　え？　じゃあ次は街に穴が空くってことか？　か〜〜〜」

『謎の老人は人を眠らせる能力だとして、ボクサー風の男は音を扱ってたのよね』

アントニオが「ああ」と頷《うなず》くと、イワンがさらに付け加える。

「一連の音は間違いなくあの男です」

さらに踊り子の女と接触していたバーナビーが報告する。

「女の方は分身の能力かと」

『女神の影だけが謎ね』

「本当に世直しなのかな?」

キースが突然、意味深な発言をするが、それは誰にも分からない。

答えの出ない憶測ばかりが飛び交う中、バーナビーは一人、ある疑念を抱いていた。

それはライアンのＮＥＸＴ能力だ。

ライアンは重力を自在に操る力を持っている。

もし何者かが伝説を模倣し、街に穴を空けるとすれば、ライアンの能力は計画にうってつけだと思えなくもない。

しかもライアンがこの街にやってきた途端に一連の事件が発生している。

もし彼が計画の首謀者だとしたら……。

しかし確証はない。

バーナビーはそんな憶測を頭の片隅にしまいつつ、一同に向かって告げる。

「どちらにせよ、明日には全てはっきりするでしょう」

「は?」と、ライアン。

「明日は女神が街に大穴を空けたとされる日、ジャスティスデーですから」

ヒーロー一同は不吉な予感を抱かずにはいられなかった。

シュテルンビルト市内では、明日に迫るジャスティスデーを前に市民たちが浮き足立っていた。街の至る所に女神や蟹を象《かたど》った巨大風船が浮かんでいる。

街頭ビジョンではワイドショーが放送されていた。男性キャスターと若い女性キャスターがジャスティスデーのニュースを報じる。

「いやぁ～、今年のジャスティスデーもイベント盛り沢山ですねぇ」

「ええ、伝説の一日を祝う一大イベントですから！　私も昔、デートで行きましたよ。皆さん、ぜひ明日のジャスティスフェスティバルにご来場下さい」

街中がジャスティスデーの話題一色に染まる中、全身を覆い隠す怪しいコートを着た三人組が通り過ぎていく。

「そうですか……」

アポロンメディアの会議室に、淡々としたヴィルギルの声が聞こえる。

猛獣とヒーローを戦わせるというシュナイダー発案のヒーロー事業計画について、ヴィルギルとユーリが協議を交わしていた。

「ええ、やはり倫理上問題があると」

「オーナーに伝えます。また何かありましたらご助力を」

「一ついいですか？」

ユーリは手元のモニターを操作すると、シュナイダーの経歴を表示させ、その画面を見つめながら訊ねた。

「社員の皆さんは、シュナイダーさんの経営理念に疑問をお持ちではないのですか?」

「理想を言えばキリがありませんから」

表情一つ変えずにそう応えると、ヴィルギルは席を立ち、会議室を去っていく。

ユーリはそんなヴィルギルの背中をただじっと見つめていた。


カタカタカタカタ……。

アポロンメディア・ヒーロー事業部のオフィスに、経理のおばちゃんが叩くキーボードの音が響き渡っていた。

そんな中、バーナビーは自分のデスクに座り、ホットドッグを頬張っている。

もちろん特別に好物というわけではない。

一つには節約の意味があり、一つには今はホットドッグの気分だったというだけだ。

バーナビーのデスクには亡くなった両親と幼い頃のバーナビーが写っている写真や、当時バーナビー家の家政婦をしていた今は亡きサマンサの写真が飾られている。

ふとバーナビーはホットドッグの包装用の紙の上に食べ残したピクルスを見つめる。

脳裏には虎徹の言葉がよぎる。

「おい!　ピクルス残すんじゃねぇぞ!」

そこへ新聞を手にしたライアンがオフィスに入ってくる。

「すんごいねぇ、どのニュースもフェスティバル特集、こりゃ明日、視聴率上がっぞ」

ライアンは自分のデスクの椅子に腰を下ろし、テーブルの上に横柄に足を載せた。

そのデスクは今まで虎徹が使っていた場所だ。それが今ではバーナビーの新パートナーであるライアンの席に変わっている。

バーナビーは複雑な想いを断ち切るかのように、ピクルスを残した包装用の紙を丸めてライアンに応える。

「視聴率の前に、僕達がヒーローだということを忘れないで下さい」

「……また出たよ。ジュニア君って、若いのにちょいちょいジジイみたいなこと言うよな」

「は？」

「もしかして前の相方の影響？」

ライアンの発言に思わず反応するバーナビー。

「あんまそいつと比べんなよ、俺は俺、ゴールデンライアン」

「比べたりなどしていません。僕とあの人は……もう関係ありませんから」

そう告げると、バーナビーはピクルスを包んだ紙を握りしめ、表情一つ変えずに席を立ってオフィスを去っていく。

そのバーナビーの態度に、ライアンは呆れた。

口では関係ないと言っていても、バーナビーは未だに前のパートナーのことを意識しているに違いない。しかしそれはライアンにとっては全く関係のないことであり、特に興味もないことだった。

ライアンは茶化したように口を開く。

「ならいいけど」


虎徹は珍しく自宅のPCモニターと睨めっこしていた。

画面に表示されているのは、ワイルドタイガーの公式サイト。《ヒーローをお求めの企業様、お気軽にご連絡を》というキャッチコピーが大々的に掲載されている。

カーナビすらろくに操作できない虎徹が慣れない説明書を熟読し、数日かけてこしらえた私設サイトだ。その目的はもちろんスポンサーを募集し、ヒーローとして復帰する為。

ただ二部リーグの再開を待つだけでなく、今できることを彼なりに努力していたのだ。

緊張した面持ちで画面上のメッセージ欄のページをクリックしてアクセスするが、画面には《メッセージなし》のウィンドウが表示される。

虎徹はがっかりして深い溜息をつくと、サイトを見るのをやめ、リモコンでテレビのスイッチを入れた。

テレビ画面には報道番組が映し出され、出演していたコメンテーターのステルスソルジャーがファイヤーエンブレムのニュースを報じている。

『しかし心配なのは依然として意識不明のファイヤーエンブレムですね』

戦友の状況を知らせる予期せぬ報道に虎徹は驚き、食い入るようにテレビに耳を傾けた。

『一日も早く、元気な姿を見せてもらいたいですよ』

ファイヤーエンブレムの身に一体何があったのか？

命に別状はあるのか？　ないのか？

虎徹は気が気ではなく、鼓動が徐々に高鳴っていった。


――ネイサンの精神世界。

学生時代住んでいた実家のネイサンの部屋に、一四歳のネイサンの姿があった。

ジュエリーボックスに所狭しと並べられた煌《きら》びやかな指輪の数々を見つめている。

若きネイサンは心をときめかせて一つの指輪を手に取ると、左手の薬指に指輪を嵌《は》める。

が、男の指には小さすぎ、指輪は第一関節までしか入らない。

目の前の化粧鏡で見つめると、そこには紛れもなく男の姿の自分が映っている。

悲しみ、表情が歪《ゆが》むネイサン。

次の瞬間、鏡も、ジュエリーボックスも、部屋の調度品や壁も、まるでスライムのようにドロドロと溶けていく。

若きネイサンは現実を直視できず、うずくまって頭を抱えた――。


ネイサンが搬送されていたシュテルンビルト市内の病院では、相変わらずカリーナが暴走するネイサンの炎を抑え続けていた。

ＮＥＸＴ能力によってスプリンクラーの水を氷の粒に変え、鎮火作業に努める。

長椅子では長時間の看病に疲れたのか、宝鈴がうたた寝している。

カリーナが下ろした髪を鬱陶しく感じてゴムで一つに束ねていると、病室の廊下を小走りでやってくる何者かの足音に気付く。

病室に駆け込んできた足音の主——それは虎徹だった。

カリーナは内心、虎徹との再会を喜びつつも、その気持ちを隠すように素っ気ない態度をとる。

「……やっと来た」

「どうだ？　具合」

「見ての通り」

ネイサンはベッドの上で昏睡状態のまま、苦しそうに炎を発し続けている。

その様子を目の当たりにし、虎徹は言葉も出なかった。

一体なぜネイサンがこんな風になってしまったのか。

「今、タクシーやってんでしょ」

「え？」

「ネットに書かれてたよ」

「あー、困っちまうよなぁ、何でもかんでも書き込みやがって」

しかし虎徹を見るカリーナの目は白けている。

虎徹だけはヒーローを辞めない。カリーナはずっとそう思ってきたし、そう信じてきた。

確かに虎徹の気持ちだけではどうにもならない会社の事情だってあるのかもしれない。

それでも虎徹には我が道を貫いてほしかった。それがカリーナの本音だった。

そんなカリーナの想いにも気付かず、虎徹はおどけてみせている。

「死ぬまでヒーローやり続けるとか言ったけど……世間様に認められねぇんじゃな」

「世間とか、関係ないじゃん」

確かにカリーナの言う通り。虎徹は苦笑いするしかない。

「ガキの頃はそう思ってたけど、容赦ねぇな、現実ってのは」

「……」

「バニーの奴がよ、しきりに金、金言ってて、そういうのヒーローとして違うんじゃねぇかって思ってたんだが、俺と違ってちゃんと現実見てたってことなんだな」

「……全然分かってない」

「……ん？」

虎徹の理解力の無さに呆れるカリーナ。

これまでバーナビーの一番近くに居続けたのは他でもない、パートナーの虎徹だ。

その虎徹がバーナビーのことを何も分かっていない。

そのことがカリーナを一層ヤキモキさせる。

「今までアイツの何を見てたの？　バーナビーはちゃんと理想を追ってるよ」

虎徹は《理想》という言葉に反応した。

カリーナがあいつの何を知っているのか？　何を言おうとしているのか？

一方のカリーナは伝えるべきかどうか迷っていたが、誤解を生んだまま虎徹とバーナビーの関係が拗《こじ》れてしまうことは、彼女の望むところではない。

そして決意し、打ち明ける。

「ジャスティスフェスティバルの事務局でさ、事務員から聞いたの」

「聞いたって何を?」

実はカリーナは電話で楓から悩み相談を受けた後、ジャスティスフェスティバルの観覧チケットを買いに行っていた。

それは楓へのプレゼントだった。

虎徹と楓が会うキッカケを与えることで、二人とも元気になってもらえたら……。

そんな想いを込め、親子水入らずで過ごすためにイベントをセットアップしてあげようとしていたのだ。

もちろんそんなことを虎徹本人に言うつもりはなかったが、ただ事務局で知ったことだけは伝えようと思った。

「バーナビー、ジャスティスフェスティバルに施設の子供達を招待する為に、大量のチケットを買ってたのよ」

「バーナビーが子供達に?」と、虎徹は思わず耳を疑った。

「マーベリック事件の後、自分みたいに親がいない子供を助けたいって色々やってるみたい」

「じゃあバニーが金にこだわってたのは……」

「……」

「……なんで黙ってたんだよ」

虎徹は独り言をこぼした。本当のことを言わなかったバーナビーに向けた言葉だ。

「アンタが一番隠すじゃん、そういうこと」

「……」

「なんだかんだで似てきてるよね、アイツ」

虎徹はばつが悪そうな表情を見せた。

バーナビーが金のことばかり口にしていたのは、単なる金銭欲だと思っていた。そのことでバーナビーに対してネガティブな態度を取ったりもした。

でも実際は報われない子供達のことを思い、その為に金を必要としていたのだ。

「……悪りぃ、ちょっと」

居ても立ってもいられなくなり、虎徹はその場を立ち去っていく。

カリーナは鈍感な虎徹に呆れつつも、虎徹のことを心から想い、ぼそり呟く。

「……ホント、バカなんだから」

その時、長椅子でうたた寝していた宝鈴がこっそりと薄目を開ける。

寝ていた振りをして二人の会話を盗み聞きしていたのだ。

虎徹に対し、ちょっとだけ素直な一面を覗かせたカリーナを見つめ、宝鈴はクスリと笑みを浮かべた。


病院を出た虎徹はアポロンメディアに向かって歩き出した。

その道中、これまでバーナビーに対して発した失言を思い出す。

「一部はギャラが違うもんな」

「そろそろ別の道を進むのも悪くねぇんじゃねぇのか？」

何も知らずになんてバカなことを言ってしまったんだ、と自戒する。

次第に歩くスピードが速まり、早足から小走り、そして最後には駆け足になる。

早くバーナビーに謝らなければ。

虎徹は後悔の念で頭がいっぱいになっていた。

やがてアポロンメディアに辿り着くと、眼前の光景に気付き、思わず立ち止まる。

アポロンメディアのビルの前で、道路に停めたダブルチェイサーに跨るバーナビーの姿があった。

それは虎徹にとって懐かしい光景だった。

そこは彼とコンビを組んでいた頃、事件現場に出動する際の待ち合わせ場所でもあった。

遅刻するのはいつも虎徹で、バーナビーはあの運転席でいつも待ってくれていた。

どちらが運転席に乗るのかという些細《ささい》なことで揉めたことも、今となっては微笑ましい思い出だ。

そして今、そこにバーナビーがいるというのは、何かの運命か、神様のにくい演出か。

虎徹は笑みを浮かべ、バーナビーに近寄ろうとする。

その時、サイドカーでくつろいでいるライアンの姿に気付き、虎徹は足を止める。

「正気かよ、パトロールなんて」

「明日を楽しみにしている人が大勢いますから……いいですよ、これは僕一人で」

「んな訳にいかねぇよ。ジュニア君だけ好感度上がっちまうだろ？」

「は？」

「一人だけ美味しい思いはさせねぇよ」

バーナビーはライアンという男の本性を摑みかねていた。

ヒーローTVのカメラが追うわけでもない、ごく私的なパトロールだというのに、なぜ彼は同行しようとするのか？

今までの彼の言動と性格を分析する限り、無償でそんなことをするメリットが彼にあるとは考えにくい。

「僕はただ純粋に」

「市民を守りたいんです。だろ？」

バーナビーの意図を察したかのように、ライアンは言葉を遮った。

正直この男が何を考えているのか、はたして信用に足る男なのか、未だ見極められてはいない。

だが彼が今、自分のことを信用した上で行動を共にしようとしているのは確かなようだ。

その事実に気づき、バーナビーは思わず口元を緩めた。

「……行きますよ」

「おう」

バーナビーはフェイスガードを閉じると、バイクを発進させた。

虎徹は声をかけられないまま、去っていくダブルチェイサーをただ黙って見つめることしかできなかった。

バーナビーは新しいパートナーであるライアンと、新しいコンビとして歩き始めている。

今さら自分が声をかけ、誤解を解いたところで何になるというのか。

このまま後ろを振り向かず、新しいパートナーと共に前進し続ける。

その方がバーナビーのためになるのではないか。いや、きっとそうだろう。

だとしたら虎徹自身はどうする？

虎徹は複雑な感情に揺れ、立ち尽くして深い溜息をこぼした。


ヒーローたちは皆、それぞれに人並みの悩みを抱えながら、懸命に明日に向かって前進していた。

カリーナは、昏睡状態にあったネイサンの復活を祈りつつ、休む暇もなくネイサンが発し続ける炎の消火活動に当たっていた。

宝鈴は、ネイサンの看病の合間を縫って、病院の裏庭で一人鍛錬を続けていた。

自分のＮＥＸＴ能力である稲妻の形を変え、自由自在に操ることができれば、ヒーローとしてもっと強くなれる。もっと街の平和の役に立てる。そう信じ、人知れず血の滲む努力を続けていた。

イワンは、袴《はかま》姿で修行用の道場で瞑想《めいそう》し、集中力を高めていた。

今まではただカメラに見切れたり、擬態の能力で相手の虚を突く戦い方ばかりしてきた。

しかしそんな戦術だけでは今後、折紙サイクロンとしての成長はない。ヒーローならば時には真正面から敵と立ち向かう。その勇敢な精神こそが今の自分に最も必要なことだ。

「正面から正々堂々！」

そう自分に言い聞かせるように叫びながら、カッと目を見開き、手裏剣を構えるイワン。

アントニオはバーで一人、ボトルビールを飲んでいた。

大した戦績も企業アピールもできず、ヒーロー人気が落ち込んでいたロックバイソン。

年齢的にも現役ヒーローを続けられる時間はそう長くない。このままではヒーローとして先細りしたまま引退していくことになる。

もう一度、一花咲かせたい。その為にはどうすればいいのか。酒を傾けながら、アントニオは取り留めのないことをあれこれ考えていた。

キースは、自宅で愛犬のジョンの頭を撫《な》でながら、一枚の写真を眺めていた。

それはヒーロー全員が両手をまっすぐに伸ばすスカイハイのポーズを決めて、記念撮影した写真だ。

キースはキースなりに、ただ街の平和を守るだけのヒーローに留《とど》まらない自分のキャラクターとは何かを模索していた。

そのために自分にできることは何か？

自分に足りないものは何か？

飽くなき探究心に考えを巡らせている日々だった。

そんなヒーローたちの想いを包み込むように、シュテルンビルトの夜は刻一刻と更けていく。

劇場版
TIGER & BUNNY
-The Rising-

Chapter. 04

Make hay while the sun shines.

太陽が照っている間に干し草を作れ

シュテルンビルト市民が待ちに待ったジャスティスデー当日。


虎徹は市内のモノレール駅のホームで、そわそわと愛すべき人たちの到着を待っていた。

そんな虎徹の背後から声が聞こえる。

「お父さん」

即座に反応し、虎徹が笑顔で振り向くと、そこには安寿や村正に付き添われてきた楓の姿があった。

シュテルンビルトに単身赴任している虎徹は一年のうちに数えるほどしか楓に会えない。

成長期の楓は会う度に一回り大きくなり、着実に大人への階段を上っている気がした。

「お！　おおおお、かえでぇぇぇぇ」

虎徹は楓に駆け寄り、力一杯抱きしめようと両手を伸ばす。

が、次の瞬間、楓は虎徹の抱擁をひょいとかわす。

「あれ？」

「絶対やると思った。やめてよね、そういうの」

「かえでぇ〜〜〜」

楓がそういう反応をするであろうことは二百パーセント想像がついていたものの、やはり虎徹にとってはもどかしい。

村正が笑いを堪えながら、虎徹に声をかける。

「相変わらずだな」

「本当、思ってたより元気そうね」と、安寿。

「いや、驚いたよ。いきなり来るなんて言うから」

「あれ？　迷惑だった？」

楓がちょっぴり意地悪な態度をみせる。

「そんなわけねぇだろぉ！」

泣きの一手で虎徹は再び楓に抱きつこうとするが、それもまた軽々とかわされたことは言うまでもない。


虎徹はタクシーに家族三人を乗せ、ジャスティスフェスティバルの会場へと向かった。

道路沿いには女神の伝説に登場する馬や牛、蟹などのモニュメントが建てられている。

車窓からそれらの光景を楽しげに眺める楓。

フェスティバルの会場に着くと、鏑木家ご一行は観光客で賑わう露店へと足を運んだ。

家族との久々の再会でテンションが上がっているのか、虎徹は蟹の被り物を装着し、おどけてみせる。

家族の反応は様々だ。安寿は微笑ましい表情を見せていたが、村正は大の大人が何をしているのかと思い苦笑いし、楓はただただ恥ずかしいばかり。

その後、ご一行はゲームコーナーへと足を運ぶ。

ヒーローとしての実力を見せつけるべく、腕相撲マシーンに挑戦する虎徹。

当然マシーンの設定は超人級を選んだ。まだ市内でも数えるほどしか攻略した人はいないと言われる超難度のレベルだ。

周囲の市民たちが虎徹の挑戦に期待を寄せる中、ゲームにトライ。

雇ってくれる企業がない身とはいえ、ヒーローがマシーン如《ごと》きに負けるはずがない。意気込んで腕相撲マシーンの手を右手で押し倒そうとする。

ところがマシーンの手はぴくともしない。底力で粘る虎徹だが結局マシーンに惨敗。悔やみつつ、家族や周囲の市民に対し、おどけてみせる。

たとえ数秒といえども超人級の腕相撲マシーンと競り合えた虎徹を、市民たちは拍手で讃えた。

そんな中、楓だけは浮かない表情で虎徹を見つめている。

こんな虎徹を久しく見たことがなかったからだ。

これまでの虎徹は、どこかへ出かける約束をしても、突然入ったヒーローの仕事ですっぽかし、居てほしいと思った時に傍にいない時が多かった。

今は虎徹と一緒にいられる。だから楽しいはず。なのに手放しには喜べない。

虎徹も虎徹で、無理に元気な自分を演じているような気がしてならなかった。

ずっと望んでいた父親とは今の虎徹だったのだろうか、と楓は考える。

その後、虎徹たちはパレードが行われる本会場へと向かった。

パレードが始まる前にトイレを済ませておきたいと言った安寿と村正を待ち、虎徹と楓が会場近くの通路で立っている。

虎徹はここに来るまでの間に寄り道しすぎたことに焦っていた。

パレードの一般観覧席は早い者勝ちで競争が激しく、早く会場に入らなければ席を確保することができない。

「おっせーなぁ」

会場内に女性アナウンスの声が響き渡る。

『ご来場の皆様、間もなくジャスティスパレードがスタート致します。ご観覧ご希望の方は……』

「おいおい！　早く行かねぇと場所取られちまうぞぉ」

「大丈夫だよ、焦んなくて」

「けど」

楓は鞄を探ると、四枚の観覧チケットを取り出して見せる。

「じゃじゃーん」

キョトンとした顔で、楓が見せたチケットを覗き込む虎徹。それは入手困難な指定席のチケットだ。《特別観覧席》と書いてある。

「特別観覧席？」

「ブルーローズさんが取ってくれたんだ」

「え？」

「……ホント言うと、こうやってお父さんに会えばって言ってくれたのもあの人なの」

その時、虎徹はハッと思い出した。

ネイサンの病室でカリーナに会った時、彼女はジャスティスフェスティバルの事務局に行った話をしていた。

なぜそんなところに行ったのか、なんとなく違和感を覚えていた虎徹だったが、まさか楓のためだったとは思いもしなかった。

「……そっか……それであいつ事務局に……」

そう呟きながら本会場の方を眺める虎徹。すると会場付近の屋根の上で見切れている折紙サイクロンの姿に気付く。

折紙サイクロンは何やら周囲を見渡すと、両手で輪を作ってどこかに向かって《ＯＫ》のサインを出す。

なぜあいつが会場にいるのだ、と虎徹は疑問を抱いた。

ヒーローが駆けつけているということは、この現場に何か問題でもあるのか？

気が気ではなかったが、楓を放っておくわけにもいかず取り繕うように会話を繋げる。

「あ、あぁそういえば、宿題どうなった？　おひさまのポエム」

「あー……何か才能ないんだよねぇ、いくら真似しても先生の一押しみたいに小難しいの書けないし」

「……別に真似することないだろ」

「でもその方がいい点取れるし」

「……自分が書きたいこと、正直に書いた方がいいんじゃないか」

「……」

「自分に出来ることやればそれでいいんじゃねぇか？　パパも昔からそうやってきたぞ」

その言葉を聞いた時、楓は《嘘だ》と感じた。

確かに今まで虎徹はやりたいようにやってきた。家族のことを顧みずに街の平和のために戦ってきた。ヒーローとして。

でも今の虎徹は……。

「……本当にそう？」と、楓は真っ直ぐな眼差しで虎徹を見つめた。

「何が？」

「今やりたいことやってる？」

「！」

「自分に出来ることやってる？　本当は今日もずっとヒーローのこと考えてたんじゃない？」

虎徹は図星とばかりに動揺した表情を見せた。

「無理して明るくされてもバレバレなんだよねぇ」

「……」

「難しいこと分かんないけどさ、ヒーローやりたいならやればいいじゃん、それが一番お父さんらしいと思うよ、私は」

虎徹は何も言わずただ黙っている。

しかし楓は幼いながらも、無言の虎徹の思いを感じ取っていた。

お父さんはやっぱりヒーローを続けたいのだ、と。

「私のことはいいから！　何かあっても一応NEXTだから平気だよ。早く行ってきなさい」

虎徹は感慨深かった。

ちょっと前まで我儘《わがまま》娘だと思っていた楓が、今では父親に対してお説教をしている。しかも完全に虎徹の心を見透かした言葉だ。

「……お母さんに似てきたな」

「え？」

「友恵もそうやってパパのこと応援してくれてたんだ」

「へぇ！」

亡き母親のことを聞いた楓は嬉しそうに表情を和らげる。

もう二度と会うことが叶《かな》わない母親。

その声を聞くことも、笑顔を見ることもできない。

ただ一つだけ、楓の身体の中には確かに母親の血が流れている。

考えれば当たり前のことなのだが、それが楓には嬉しかった。

つくづく自分は幸せ者だ、と虎徹は思った。

これまでヒーローとして街の平和を守り続けてきたが、虎徹自身も守られていたのだ。

家族の、楓の、優しさや温かさに。

「ありがとな……」

虎徹は心から感謝の意を示すと、渋くその場を立ち去ろうとする。

が、突然地面につまずき、恰好悪いところを見せてしまう。

虎徹はばつが悪そうに取り繕いながら楓に告げる。

「あ、何かあったら電話！」

「いいから行って！」

「はい！」

慌ただしくその場を去っていく虎徹。

楓は呆れながらも父の背中を笑顔で見送った。


ドンドドン、ドーン！

フェスティバル本会場上空に盛大な花火が立て続けに打ち上げられている。

会場内では女神の伝説を模したモニュメントが現れ、音楽団の演奏や舞踊団のダンスによってパレードが行われていた。

音楽団のバスドラムパフォーマーが「ドン！」とドラムを叩く。

すると周囲にいた数人の音反響パフォーマーが手にしていた音反響装置で、ドラムの音を反響させて、近くに浮かんでいた風船を音圧によって見事に破裂させる。

そんな妙芸を会場の客たちが歓声を上げながら楽しんでいる。

一方、会場付近ではスカイハイと折紙サイクロンが警戒態勢をとっていた。

ロックバイソンもまた、有事の際にすぐ出動できるようトランスポーターのカタパルトの発射台に仰向けに寝そべり、待機している。

バーナビーとライアンは会場付近の道路をダブルチェイサーで走行していた。

「皆さんご陽気ですなぁ」

「集中して下さい」

観覧席の屋根の上では、ドラゴンキッドが目を光らせ、周囲を監視している。

会場内の特等席には、バーナビーに招待されていた施設の園長と子供達の姿があった。皆、蟹の被り物を頭につけ、パレードを楽しんでいる。

そこへ楓と安寿と村正がやってくる。

「ねぇねぇあれすごいよ！」

楓がパレードに見惚《みと》れながら指定された席に座る。

村正は呆れた表情で席に腰を下ろす。せっかく家族水入らずでパレードを楽しめると思っていたのに、突然虎徹が姿を消したからだ。

「まったく……何をするつもりなんだ虎徹のヤツ」

「正式にヒーローって認められてないんだろ？」と、安寿。

「大丈夫だって、お父さんなら」

楓は清々《すがすが》しい表情で安寿と村正に微笑んで見せた。

一方、虎徹はタクシーを巧みに運転し、幹線道路上を猛スピードで駆け抜ける。

アポロンメディアを解雇された今、虎徹にはヒーロースーツがない。生身のままで彼がヒーローとして活動できることは限られる。

それでも虎徹は今、自分がすべきことを理解していた。

彼がタクシーを走らせている行き先は――昏睡状態のネイサンがいる病院だ。

怪しいコートを纏った三人組が、パレード会場地下の下水道エリアに忍び込んでいた。

三人は分散し、とある目的の場所へと向かっている。

ジョニーが向かった先は地下配電室。

配電盤の点検をしている作業員の前へと音もなく近づいていく。

立ち入り禁止区域に姿を現す謎の老人に怪訝《けげん》な眼差しを向ける作業員たち。

「どっから入って……」

次の瞬間、ジョニーは両手を掲げてNEXT能力を発動。作業員たちに向かって光の球を浴びせる。

カーシャが向かった先にはガス制御室。

NEXT能力によって無数の分身を生み出し、作業員たちを翻弄《ほんろう》している。

下水制御室の監視カメラでそれらの様子を見つめていた作業員たち。何事かと騒然としている。

すると制御室のドアが何者かによって蹴破《けやぶ》られる。マックスだ。

「なんだお前！」と、叫ぶ作業員たち。

マックスはNEXT能力を発動すると、作業員たちに向かって奇妙な不協和音を発生させる。

制御室の窓ガラスが音の反響によって破裂し、近くを流れていた汚水が波立つ。

作業員たちは皆、超音波に耐え切れず思わず耳を塞いで悶絶した。

一方、病院でネイサンの消火活動に当たっていたカリーナは街中から聞こえている奇妙な不協和音に反応する。

「……来たわね」

ヒーローTVのスイッチングルーム。

敵が動き出したことを感知したアニエスが各ヒーローに向けて指示を送る。

「ボンジュールヒーロー。予想通りね。発見したら即確保。ビシッと決めてよ？」

各地で警戒していたヒーローたちが一斉に応答する。

『はい！』


パレード会場付近。

カタパルトで待機していたロックバイソンはアニエスのGOを受け、街中上空へと勢いよく発射された。

「さぁぁぁぁぁぁぁぁぁぁぁ！」


下水制御室。

高音波によって鼓膜をやられて悶絶している作業員たちの中、マックスが制御装置のレバーに手をかけている。

ふと腕につけられた時計に目を移すマックス。

《18：59：54》

ガス制御室にいたカーシャもまた、ガスの制御レバーに手をかけ、時計を確認している。

《18：59：56》

配電室にいたジョニーも制御レバーに手をかけ、時計を確認。

《18：59：58》

やがて全ての時計がピッタリ《19：00：00》を示す。

その時だった。

本会場が轟音と共に大きく揺れる。

パレードでダンスを披露していた舞踊団の人達が動揺し、思わず踊りを中断した。

会場付近で警戒に当たっていたスカイハイ、ロックバイソン、折紙サイクロン、ドラゴンキッドもまた異変に気付く。

不測の事態にざわめく会場の観覧客たち。

すると突然、パレード会場に飾られていた巨大な蟹のモニュメントの真下の地面が地割れを起こし、そこから大量の下水が噴出。水の勢いによって蟹のモニュメントが傾いて転倒する。

観客席はパニックになり、来場者たちが一斉に会場から逃げ出していく。

さらに会場の至るところでガス爆発が発生し、パレード会場はパニック状態に陥った。

各ヒーローたちが混乱に満ちた市民の避難誘導に当たる中、バーナビーとライアンは懸命に不審者を捜索していた。

「どこだアイツら！」と、ライアン。

煙が立ちのぼる中、観客席を離れ、安全な場所へと避難しようとしている安寿と村正。

少し遅れて二人を追いかけている楓に向かって安寿が叫ぶ。

「早くこっち！」

「うん！」

その時だった。

楓が立っていた地面が地割れを起こし、下水が噴出。

楓は割れた地面の隙間に飲み込まれ、会場地下へと転落してしまう。

「楓ぇぇ！！！」と、安寿と村正が叫ぶ。

地下へと転落した楓は周囲の煙を吸い込んで咳《せ》き込む。

ふと晴れた煙の隙間から周囲に目を移すと、三人組の不審者の姿を発見した。

「ん？」

三人組はそのままどこかへと立ち去っていく。

茫然と彼らを見つめる楓。


スイッチングルームでは、アニエスの怒号が響き渡っていた。

「地下制御室がやられたわ！　地上に出てくるところを狙い撃ちして！」

と、各ヒーローに指示を送る。


アニエスの指示を受けたバーナビーとライアンが付近を捜索しているが、不審者の姿は見当たらない。

「おい！　いねぇぞプロデューサー！」

その時、地下から瓦礫《がれき》の山づたいにやっとの思いで上ってきた楓が叫ぶ。

「バーナビー！」

「楓ちゃん！　どうしてここに？」と、楓に近寄るバーナビー。

ライアンも楓に近寄り、訊ねる。

「お嬢ちゃん、怪しいヤツら見なかった？」

「え？　はい、すごく怪しいのがあっちに」と、三人組が去っていった方角を指す楓。

するとライアンはその方角に一目散に駆け出していく。

「会いたかったぜ」

「あなたは早く安全な場所へ」

楓にそう告げると、バーナビーもまた背中のバーニアを噴出し、三人組の行方を追う。

久々に生バーナビーを目の当たりにし、楓は目が離せなかった。

ここのところずっとバーナビーは虎徹と共に二部ヒーローだったため、テレビで彼の姿を見ることができなかった。彼の今を知ることができなかった。

こうして再び一部に返り咲いた彼はやはり楓にとってのヒーローだった。

虎徹には悪いが、これだけは譲れない。

「やっぱいいわぁ」と、感慨深げに呟いた言葉は楓の素直な気持ちだった。


逃走する三人組の行方を追って走るライアンとバーナビー。

するとライアンは並走するバーナビーに声をかける。

「なぁ……お前、俺のこと疑ってたろ？」

「は?」

「ホントは俺が街に穴空けんじゃねぇかって」

「いえ、そんなことは」

「え〜? 気をつけな、アンタ結構顔に出ちゃうタイプだから」

「……」

バーナビーは意外に思った。

確かに心の何処かでライアンの犯行の可能性を疑っていたが、まさかそのことを彼に見抜かれるとは思いもしなかった。普段は不真面目に飄々《ひょうひょう》と振る舞う男かに見えていたが、その洞察力には目を見張るものがあった。

いずれにしろ自らこのようなことをバーナビーに話してくるあたり、彼は計画の加担者ではないのかもしれない。

それもまた、現時点では確証はないが。


アニエスが通信で各ヒーローに伝達。

「ライアン&バーナビーが犯人を発見! 皆《みんな》も追跡して!」

アニエスの指示を受けた会場の各ヒーローたちが周囲を見渡すと、瓦礫の中を一方へと疾走しているバーナビーとライアンを視認。

「あれだ!」と、スカイハイ。

一連の騒動を受け、緊急出動したヒーローTVのヘリが、犯人を追うバーナビーとライアンの姿をカメラで捉える。

緊急特番としてヒーローTVが生放送され、マリオが番組の実況を始める。

『さぁ、始まりました、ヒーローTVライブ！　すでに犯人をヒーローが追跡中！』

不審者三人組はヒーローたちに追跡されていることに気付くと、目配せし合い、三方向へと散開した。

『おっと、ここで犯人一味がバラバラに！』

ヒーローたちもまた三方向に散って不審者を追う。

マックスを追うスカイハイ、ロックバイソン、折紙サイクロン。

ジョニーを追うドラゴンキッド。

カーシャを追うバーナビー、ライアン。

『ヒーローは手分けして追いかけるようです！　しかしブルーローズの姿は未だ見当たりません！』

病室のテレビでは、カリーナがヒーローTVの生中継を気にしつつ、依然としてネイサンの消火活動を続けていた。

「……頼むわよ、みんな」

するとネイサンが苦しそうに呻き、暴走する炎がその勢いを増し始める。

「うそ！　ちょっと待って！　お願いだから落ち着いて！」

NEXT能力を全開にするカリーナ。懸命に鎮火しようとするが、ネイサンの炎の勢いは止まらない。病室全体に火の手が上がりそうになる。

その時だった。何者かが消火器を噴射し、炎の勢いを弱めた。

——虎徹だ。

「アンタ！」と、カリーナが驚いた表情を見せる。

まさか虎徹がここに来るとは思いもしていなかった。ヒーローを辞めることになってしまった今となっては、下手をすればもう二度と会うことができないかもしれないとさえ思っていた。

そんな彼が今、彼女の目の前にいる。

話したいことがたくさんあった。

しかし今はそんな悠長なことを言っている場合ではない。

「ここは俺に任せて早く犯人のとこへ」

「そんなんじゃ抑えられないわよ」

「心配すんな。しばらくは乗り切れる」

そう言って虎徹が視線を落とす。

カリーナが虎徹の視線の先を追うと、大量の消火器を載せた台車が置いてあった。

「どっからこんなに……」

「色々ありがとな、ブルーローズ」

「は？」

「おかげで目ぇ覚めたわ」と、カリーナを見つめる虎徹。

カリーナは虎徹の眼差しに戸惑い、頬を赤らめて顔を背ける。

「ほら、早く行けって」

カリーナは複雑な思いだった。

ネイサンの容態は心配なことではあるが、本来ならば虎徹にはワイルドタイガーとして第一線で戦ってほしい。シュテルンビルト市民を混乱に巻き込んでいるあの三人組の確保に向かってほしい。

でもカリーナがいくらそう願ったところで、虎徹を解雇したアポロンメディアの決定が覆ることはないだろう。

だとしたら、せめて今のありのままの虎徹を頼りにしたい。カリーナにとって虎徹は不必要な存在では決してないからだ。

カリーナは戸惑う気持ちを隠すように憎まれ口を叩く。

「何よ、偉そうに……ちょっとお腹出てきたんじゃない？」

そしてネイサンを虎徹に任せ、病室を飛び出していく。

「うるせぇや」

虎徹は苦しむネイサンを心配そうに見つめながらも、消火器を構えた。


一方、バーナビーとライアンはカーシャを追ってビルの屋上へと駆け込んでくる。

しかしカーシャの姿が見当たらず、ライアンは舌打ちした。

「どこ行きやがった……」

すると屋上の一角で、カーシャが踊りながら「こっちよ、こっち」と二人を誘惑するように逃走していく。

すかさずバーナビーが後を追う。

「待て！」

「相変わらずドキュンとさせやがって」

ライアンはおどけながらバーナビーの後に続く。


一方、ジョニーは海洋博物館のロビーへ続く通路を逃走していた。

と、進行方向を遮るようにドラゴンキッドが降り立つ。

「絶対逃がさないから！」

「フォフォフォフォ、勇ましいお子さんだ。たった一人で私に挑もうとは」

そこへ声が聞こえてくる。

「はあ？　私もいるんですけどぉ！」

するとブルーローズがバイクを通路へと乗りつける。

そのままバイクから飛び下りてドラゴンキッドと肩を並べると、ジョニーに向かって二丁のリキッドガンを向ける。

待ちに待ったアイドルヒーローの登場に、マリオが叫ぶ。

『おおっと！　ついにブルーローズの登場です！』

「速攻で倒すわよ、あんなヤツ」

「うん！」と、ドラゴンキッド。

二人のヒーローを前にしたジョニーは逃げることをやめ、戦闘態勢に入った。

パレード会場近くの公園内にある多目的広場では、マックスを取り囲むスカイハイ、ロックバイソン、折紙サイクロンの姿があった。

半地下のその広場は、楽器をモチーフにした壁に囲まれており、円形ドーム状になった天井が開いている。歌や演奏など路上パフォーマーの披露の場として使われている場所だ。

「これ以上、貴様の好きにはさせん！」

「覚悟をするでござる！」

スカイハイと折紙サイクロンが決め台詞でポーズを決めると、対抗意識を燃やしたロックバイソンが見よう見真似で、どこかで聞いたことがあるような決め台詞を吐く。

「俺の心は相当ロック！　お前の悪事を完全ロック！」

『これはいけません！　ロックバイソンがブルーローズの決め台詞をパクりました』

アポロンメディアのオーナー室では、シュナイダーがヒーローTVの生中継を見ていた。

しかし頻繁に他社のヒーローがカメラで抜かれていることに苛立ちを募らせる。

即座にスイッチングルームで指揮を執っているアニエスに連絡を取り、生放送のカメラ割りにイチャモンをつけている。

「こんなヤツらいいから、もっとウチのを映せ！」

シュナイダーとしては、自分がコンビにすることを発案したライアン&バーナビーのオンエアを望んでいた。

しかしアニエスは現場の責任者として応じる。

『しかし、どのヒーローも平等に扱う規約に』

「全ての決定権は僕にあるんだよ……どういう意味か分かるよね……?」

シュナイダーからの脅迫めいた言葉を聞いたアニエスは戸惑いを隠せなかった。

OBCはアポロンメディアの子会社である。つまりアポロンメディアのオーナーであるシュナイダーの指示には従わざるを得ない。

アニエスは苦渋の思いを抱きながらも応じる。

『……すぐご要望通りに』


パレード会場近辺のダイナソーパーク。

恐竜を模したオブジェがいくつも展示された公園内で、バーナビーとライアンは逃走するカーシャに追いつき、挟み撃ちにした。

逃げ場を塞がれ、立ち止まるカーシャ。

『おっと、ライアン&バーナビーが犯人を追いつめた!』

「もう逃げられませんよ」

と、バーナビーが告げると、カーシャは不敵に笑みを浮かべる。

「ふ……そう簡単にいくかしら!」

次の瞬間、カーシャは後方宙返りし、背中に隠し持っていた二つのチャクラムを二人に向かって投げる。

とっさに反応し、チャクラムをかわすバーナビーとライアン。

チャクラムはそのまま付近の恐竜のオブジェを綺麗に真っ二つに切り裂き、再びカーシャの手元に戻ってくる。

『これは危ない！　円形の刃がオブジェを切り裂いた！』

煙が立ちのぼる中、バーナビーとライアンは顔を上げてカーシャを見据えた。

「可愛いのは顔だけってわけか」

「光栄だわ。素敵な王子様が二人も相手してくれるなんて」

するとカーシャはＮＥＸＴ能力を発動。周囲に無数の分身を出現させる。

美人の踊り子が大勢増えたことに思わず興奮したライアンがバーナビーに訊ねる。

「おぉ、ジュニア君はどの子いく？」

「おしゃべりは結構！」

バーナビーはバーニアを噴出させると、いくつもの分身を手当たり次第攻撃していく。

しかしどれも攻撃した途端に姿が消え、実体を捉えることができない。

「ダメよぉ。女を落としたいなら相手をよく見ないと」と、色っぽく挑発するカーシャ。

「だったら俺が落としてやるよ。二つの意味で！」

そう告げると、ライアンは地面に両手をつき、ＮＥＸＴ能力を発動。

「どど～～～～ん」

ライアンの正面に円形の重力場が発生し、射程圏内にいたバーナビーが重力に耐え切れず、膝《ひざ》をつく。

周囲の恐竜のオブジェも次々と重力に押し潰されていく。

ところが肝心のカーシャの実体は、ライアンたちからかなり離れた建物の上にいた。

「ふ……ここまでは届かないわね。女って愛しい人をリサーチするものなの」

カーシャは事前にゴールデンライアンのＮＥＸＴ能力を調査し、重力場には円形状の射程範囲があることを摑んでいたのだ。つまり円形の射程圏内にさえ入らないよう距離を取っていれば、彼の能力に捕まることはない。

ライアンはカーシャを捕まえられなかったことに気付くと、能力を解除し、悔しそうに舌打ちした。


——とある街中を成人したネイサンが女装姿で緊張した面持ちで歩いている。

そんな幻想を、ネイサンが街灯の陰から見つめている。

周囲の通行人が女装姿のネイサンを見て、ざわついている。

ある者は指差し、ある者は奇妙なものを見るように嘲笑して。

昔の自分を人々が嘲《あざけ》る声に思わず耳を塞ぐネイサン。耐え切れずにその場で叫び出す。

「もう……やめて！」

するとネイサン以外の全ての映像が溶け出していく——。

病室のベッドでネイサンがうなされている。

その傍で虎徹が燃えさかる炎を消火器で懸命に鎮火している。

が、炎は収まるばかりか、さらに勢いを増して虎徹に襲いかかる。

「あつっ！」

ＮＥＸＴ能力によるマックスの唸り声が多目的広場内に轟く。

強烈な超音波によって吹き飛ばされるスカイハイとロックバイソン。

マックスが嘲るように挑発する。

「どうしたどうした？」

「鬱陶しい能力使いやがって！」と、地面に這《は》いつくばるロックバイソン。

スカイハイが負けじとＮＥＸＴ能力を発動。風を手の中に凝縮させ、マックスめがけて放つ。

「スカーイハァーイ！」

しかしマックスはＮＥＸＴ能力で超音波を発生させると、スカイハイの風の攻撃ごとスカイハイ自身を吹き飛ばす。

「うがぁっ」

とばっちりを食らうように、這いつくばっていたロックバイソンも吹き飛ばされてしまう。

「おおっ！」

「ふぅ〜、無駄無駄。俺の音は消せねぇよ」

その時だった。折紙サイクロンがマックスの背後から接近し、巨大手裏剣を投げつける。

「ハァ！」

が、気配に気付いたマックスは再び超音波を発し、飛んでくる巨大手裏剣ごと折紙サイクロンを吹き飛ばす。

超音波の音圧によって折紙サイクロンは支柱に全身を叩きつけられた。

「ぐはっ！」

「後ろからとは汚ねぇヤツだな」

その言葉に反応し、折紙サイクロンは勇気を振り絞る。

正面から正々堂々と戦うためにここ最近ずっと修行を重ねてきた。今こそ修行の成果を発揮する時だ。

折紙サイクロンは腰に下げた二本の刀を抜くと、二刀流でマックスに立ち向かう。

しかしマックスはボクシングスタイルで二本の刀を軽々とかわす。

折紙サイクロンはさらにマックスの頭上に刀を一閃《いっせん》。

それもまたマックスが両手で真剣白刃取りし、弾き返す。

刀を失った折紙サイクロンは数歩飛び退くと、手裏剣を四つ続けざまにマックスめがけて投げる。

と、四つの手裏剣はマックスの身体に見事に命中した。

ところが手裏剣はマックスが装着していた鎧《よろい》を突き抜けるまでには至らなかった。マックスが胸を張ると、手裏剣は全て鎧から外れ、地面に落ちてしまう。

「さぁ、後がねぇぞお前ら」

渾身の波状攻撃が効かず、折紙サイクロンは愕然と立ち尽くした。

このまま力任せに戦っていても、おそらく奴には敵《かな》わない。

だとしたら……。

折紙サイクロンは決意し、なんとマックスに背を向けた。

突然の彼の行動をスカイハイとロックバイソンは妙に思う。

次の瞬間、なんと折紙サイクロンはその場から脱兎《だっと》の如く逃走していく。

「おいおい、お仲間が逃げてくぞ」と、マックスが呆れる。

ヒーローが戦うべき敵を前にして逃げるなんて聞いたことがない。

まさか勝てないと分かり、自分だけ助かりたいとでも思ったというのか？

折紙サイクロンのまさかの敵前逃亡に、スカイハイとロックバイソンは動揺を隠せなかった。

『これは前代未聞の事態です。折紙サイクロンが現場放棄だ』


海洋博物館では、ブルーローズとドラゴンキッドがジョニーと熾烈《しれつ》な戦いを繰り広げていた。

ブルーローズがリキッドガンを発射し、ジョニーめがけて氷の柱による攻撃を試みる。

しかしジョニーは軽快なジャンプで氷の柱を次々とかわす。

ブルーローズはなおもリキッドガンを連射すると、最後の一発が見事ジョニーに命中し、全身を凍りつかせることに成功。即座に凍りついたジョニーに駆け寄る。

「さぁ覚悟しなさい！」

「ふふふ……覚悟が必要なのはあなたでは？」と、不気味な笑みを浮かべるジョニー。

なんとジョニーは独自に開発したＣＡＳ冷凍プロテクターを腰に装着していた。

ＣＡＳとは《Cells Alive System》の略称であり、主に食品を何年間も新鮮な状態に保つために、食品中の水分を過冷却の状態にして一気に凍らせる技術をＣＡＳ冷凍と呼ぶ。

あらゆる水分を氷結させるブルーローズのＮＥＸＴ能力への対策として、氷を一瞬で過冷却水に変える性能を有するのがＣＡＳ冷凍プロテクターだ。

そのプロテクターを装着している限り、ジョニーの身体を完全に凍りつかせることはできない。

一瞬の間、表面を凍りつかせることができたとしても、やがて過冷却水の水圧によって表面の氷が割れ、ジョニーは完全に自由の身になってしまう。

「そんな……」

自慢の氷攻撃が効かなかったことにブルーローズは動揺を隠せなかった。

そこへ駆け込んでくるドラゴンキッド。棍棒を振りかざし、ジョニーめがけて電撃を放つ。

「サァ――――」

電撃は見事にジョニーに命中。直撃すれば即気絶ものの電撃を浴びたはずだった。

しかしジョニーが装着していたプロテクターの表面を電流が滑って拡散するだけ。しかもプロテクターの中に着ていた洋服はゴム製であり、電撃を通さない。

ジョニーはヒーローのＮＥＸＴ能力への対策として十分な装備を整えていたのだ。

「諦めの悪い人たちだ」

今度はジョニーが反撃に出る。両手をかざしてＮＥＸＴ能力を発動し、二人のヒーローめがけて光の球を放とうとする。

焦ったブルーローズとドラゴンキッドはとっさに建物の陰に隠れて避難する。

「逃げていては私を捕らえることなどできませんよ」と、挑発するジョニー。

「うるさい！　絶対捕まえてやる！」

ドラゴンキッドがそう叫ぶと、ブルーローズも続ける。

「そうよ、ファイヤーエンブレムの仇を取るんだから」

「仇とは人聞きの悪い。私はあの方の乗り越えるべきトラウマを呼び醒《さ》ましてあげただけ……」

「はぁ？」

「私を倒す以外に目覚めさせる方法などありません」

するとジョニーは懐から七節棍を取り出し、接近する。

「さぁ、逃げるのはおやめなさい！」

ジョニーは七節棍を振り上げると、物陰に隠れている二人のヒーローめがけて攻撃。

物陰から飛び出したドラゴンキッドが棍棒で七節棍を振り払おうとする。

「サァ――」

しかし七節棍はまるで生き物のように滑らかに動き、ドラゴンキッドを弾き飛ばす。

そのまま物陰に隠れていたブルーローズをも弾き飛ばした。


――ネイサンの深層心理が作り上げた歪んだ街中を、ネイサンが耳を押さえながら逃げるように駆け抜けていく。

「もういや、助けて！」

すると街中の壁に無数に貼られたファイヤーエンブレムのポスターが次々と同級生の男子学生の顔に変わり、喋り出す。

「誰も助けちゃくれないさ。一人ぼっちは慣れっこだろ」

「あああああ！」

ネイサンが逃げる先には幹線道路の標識が。

その全てにファイヤーエンブレムが映し出されている。

するとファイヤーエンブレムの姿が、次々とネイサンの父親に変わる。

「全てお前が招いたことじゃないか」

その声に反応し、ネイサンは思わず顔を上げた。

「パパ？」

今度は街頭ビジョンに映っていたファイヤーエンブレムの姿がネイサンの母親に変わる。

「手塩にかけて育てたのに、アンタは私たちを裏切ったんだよ」

母親の姿に気付き、動揺するネイサン。

「ママ……」

さらに飛行船のモニターに映っている一四歳のネイサンと女装した成人のネイサンの顔が少しずつ一つに重なり合っていく。

「自分を一番恥じているのは君自身なんじゃない？」

「！」

そしてネイサンの近くに停車していた広告トラックのモニターには右半身が一四歳のネイサン、左半身が女装した成人のネイサンの姿が映っている。

「だったら、もう死んじゃえば？」

すると壁のポスターに写っていた同級生の男子学生の姿が花びらとなって散り、苦しむネイサンの頭上から降り注いでいく。

ネイサンは頭を抱えて絶叫した。

「きゃあああああ」


一方、病室でネイサンは昏睡状態のまま苦しみ、さらに激しい炎の渦を発生させていた。

高熱の炎に煽られて大量の汗を掻きながら、必死に消火を続ける虎徹。

「どんどん強くなってねぇか、おい！」


ヒーローたちが第一線で身の危険に晒される中、アポロンメディアではシュナイダーが安全な社内のオーナー室でヒーローTVの中継を見ている。

『ヒーローたちが翻弄されています。未だ犯人を捕らえることができません！』

二人のSPが警護する中、シュナイダーがヴィルギルとベンに対し、皮肉交じりに口を開く。

「なかなか楽しませてくれるねぇこいつら」

ベンは中継を見ながら顎に手を当てて何事か考え込んでいる。

ベンの様子に気付いたシュナイダーが怪訝そうに訊ねる。

「どうした？」

「いえ、どうも引っかかると言いますか……犯人がわざとヒーローに追いつかれたような気が」

「は？　何の為にそんな……」

ベンの発言に反応したヴィルギルが横から推論を述べる。

「例えば……自分たちが囮《おとり》となりヒーローを足止めするとか？」

「ああ」

ベンは納得して頷くが、シュナイダーだけは腑《ふ》に落ちない表情だ。

「じゃあ何？　こいつらは伝説の真似事がしたかっただけじゃないっての？　どうかな……」

「一応アニエスに報告を」

「では私は警察に」

一刻を争う事態であることを考え、ベンとヴィルギルが部屋を去っていく。

シュナイダーは生真面目な二人の態度に呆れ、コーヒーを啜《すす》る。

「まぁ盛り上がってくれればなんでもいいよ」

その時、突然部屋が強烈な振動を起こし、ガガガガと轟音が鳴り響く。

何事かと動揺するシュナイダー。

すると部屋の壁が何かの衝撃で大破。壁の向こう側から女神のシルエットをした何者かが近づいてくる。

シュナイダーは恐れおののいてデスクから後ずさる。

「な、なんだ？　お前！　おい！　ヴィルギル！　ベン！」

室内に充満した煙で視界が悪い中、徐々に姿を現したのは、様々なスクラップを組み合わせた異様なメカのような物体。

「うわあああああ」

焦ったシュナイダーは部屋のドアから出ようとする。

しかしドアは網膜スキャンによる電子ロックで制御されており、すぐに開けることはできない。

「誰か、おい、誰か！」

シュナイダーは室内にいたＳＰたちに弱々しく指示を出す。

「アイツをなんとか……」

指示を受けた二人のＳＰは異形のメカに向かって何発も銃を撃ち込む。

その間にシュナイダーは網膜スキャンによってドアの電子ロックを解除しようとする。

ＳＰは何度も銃を放つが、メカはびくともしない。逆にショベルカーのような鉄のアームで殴られ、吹き飛ばされてしまうＳＰ二人。

「ひぃぃぃぃぃ」

情けない悲鳴を上げながら網膜スキャンの認証を今か今かと待つシュナイダー。

シュナイダーにじりじりと迫る異形のメカ。

その時、網膜スキャンの認証が終わり、ドアが解錠される。

シュナイダーは異形のメカのアームによる攻撃をギリギリでかわし、ドアの外へと飛び出した。


スイッチングルームのモニターには、市内の各所で三人組の敵と戦うヒーローたちの模様が映し出されていた。

打開策を模索しながらも映像を注視するアニエスだが、良い作戦が浮かんでこない。

ただ指を咥《くわ》えて彼らの勝利を祈ることしかできない自分を歯痒く感じる。

と、アニエスの携帯に着信が入る。携帯の画面を確認すると、シュナイダーからだ。

「もぉ、何よこんな時に」

アニエスはまた我儘な指示でも出されるのかと思い、うんざりした面持ちで電話に出る。

「どうされました？」

『アニエス！　すぐにこっちにヒーローをよこせ！』

「はあ？」


アポロンメディア社内には、シュナイダーの私用部屋があった。

彼が個人的な趣味で集めた高価な美術品が所狭しと飾られたコレクションルームだ。

そんな中、シュナイダーが逃走しながら携帯で話している。

「襲われてるんだよ！」

『どなたが？』と、アニエスのとぼけた声が聞こえる。

「僕だよ僕！　奴らの狙いは僕だったんだ！」

するとコレクションルームの壁が大破し、メカが迫ってくる。

『何の話です？』

シュナイダーはコレクションルームの裏口のドアから脱出しながら携帯に向かって叫ぶ。

「いいから言う通りにしろ！　お前を番組から降ろしたっていいんだぞ！」

その言葉にアニエスは態度を一変させ、従順に応える。

『急ぎますぅ』

多目的広場では、マックスの超音波攻撃に苦戦を強いられていたスカイハイが、アニエスからの通信に応じていた。

「え？　シュナイダーさんが？」

『そうなの、今すぐ向かって！』

「そんなこと言われてもこの状況じゃ……」

手強《てごわ》いマックスを前にし、ロックバイソンが弱音をこぼす。


海洋博物館では、ドラゴンキッドがジョニーと一進一退の攻防を続けていた。

彼女もまたアニエスからの要請に応じることができずにいた。

「ボクらも無理だよ！」

ジョニーの七節棍が襲いかかり、吹き飛ばされるドラゴンキッド。

「わぁ！」

その横でブルーローズも両膝をつき苦しんでいる。


ダイナソーパークでは、カーシャのチャクラムによる波状攻撃をかわし続けているバーナビーとライアンの姿があった。

するとバーナビーがチャクラムの軌道から離れ、この場を立ち去ろうとする。

「ここは任せます」

「おい！　何言っちゃってんの？」と、ライアン。

「今の聞いてましたよね？　オーナーが」

　バーナビーは近くの幹線道路を横切る陸橋へと駆け出していく。

「だったら俺が行く！　株を上げるチャンスだからな」

「浮気は許さないわよ！」

　カーシャはチャクラムを投げると、バーナビーが通ろうとしていた陸橋を真っ二つに切り裂き、崩れさせた。

　落ちた陸橋の一部は幹線道路を通行していたタンクローリーに直撃。道路は大混乱に陥る。

「一人でもここを離れたら、私、市民にオイタしちゃうかも」

　カーシャの挑発に反応するバーナビーとライアン。

　シュナイダーの援護に向かいたいところだったが、もし市民に危害が加えられてしまうとすれば、迂闊な行動は取れない。

　カーシャは逃がさないようにバーナビーとライアンに向かって無数のチャクラムを放つ。

「はあああああ」

　チャクラムをギリギリかわすライアン。

　バーナビーもまた、飛んでくるチャクラムをかわしながら、ふと呟く。

「まさかお前らの狙いは……」

　シュナイダーは入り組んだアポロンメディア社内の廊下を右往左往に激走していた。

　そんな彼を追うべく、異形のメカは社内の壁という壁を破壊し、迫ってくる。

シュナイダーはなおも携帯でアニエスに催促する。

「おいアニエス！　どうなってんだ！　まだか！」

『私も急いではいるんですけど……』

「どんな手を使ってもいいからとにかく早く」

その言葉を聞いた時、アニエスの頭に妙案が閃く。

シュナイダーはワンマン経営者であり、会社を自分の思い通りにしないと気が済まないタイプだ。アニエスのような一プロデューサーがヒーロー事業に対し、何か意見を言っても彼はほぼ聞き入れることはないだろう。

しかし今の彼にならら意見を通すことは可能かもしれない。

太陽が照り続けている間にしか作物を育てることができないように、このタイミングを逃せば、二度と叶えられないかもしれない秘策が彼女にはあった。

『でしたら一つアイデアが』

「いい、いい！　もう全部お前に任せるから！　何とかしてくれ！」

そこへコーヒーカップを持ったロイズがシュナイダーの前に姿を現す。

「あ、オーナー……」と、暢気《のんき》に笑みを浮かべるロイズ。

が、シュナイダーはロイズを完全に無視し、逃げるようにその場を走りすぎていく。

シュナイダーに嫌われてしまっていることに落ち込み、肩を落とすロイズ。

その時、轟音と共にロイズの背後に巨大な影が迫ってくる。

何事かと振り向くロイズ。眼前に迫る異形のメカに驚愕する。

「ああああああああ」

ロイズが手にしていたコーヒーカップは放物線を描いて宙に飛び、熱いコーヒーが飛び散った。

病室の床には、使用済みの消火器がいくつも転がっていた。

依然として収まる気配を見せないネイサンの炎の渦。虎徹が苦戦を強いられている。

「っだあああ」

また一つ消火器を使い切ってしまい床に放り投げると、虎徹の携帯に着信が入る。

アニエスからの呼び出しであることを確認し、通話に応じる。

『もしもし、タイガー。司法局のゴーが出たわ。一日限定で二部ヒーロー復活よ』

「はあぁ？　なんで急に⁉」

『オーナー様から全部任せるってお達しが出たの』

「ほんとかよ⁉」

『ここでイイとこ見せれば、二部の復活も有り得るかもよ』

「けど……今、手離せなくて……」

その時、病室に駆け込んでくる者達の姿があった。

チョップマン、スモウサンダー、ボンベマン、Ms.バイオレットだ。

「ここは俺たちに任せて下さい！」と、ボンベマンが叫ぶ。

虎徹が唖然としていると、スモウサンダーとMs.バイオレットが急かすように声をかける。

「先輩、勉強させていただくでごわす」

「急いで下さいっス！」

虎徹は嬉しかった。

彼らが二部ヒーローながらも着々とヒーローとしての自覚を持ち、自らの意思で自分たちに何ができるかを考え、行動していることに。

今はヒーローが一丸となって立ち向かう時だ。二部ヒーローの彼らの存在はとても頼りになる。

「……頼んだぞ！」

「はい！」

虎徹は急いで病室を飛び出し、廊下を駆け抜けていく。


スイッチングルームでは、アニエスが突然二部復活の采配を振ったことに対し、ケインが冷ややかしていた。

「なんやかんや言ってタイガーのこと信用してるんすね」

「は？　二部は私が企画したプロジェクトなの。簡単に潰されたんじゃ癪《しゃく》でしょ！」

どこまでもドライなアニエスに、ケインとメアリーは言葉もなかった。

虎徹は息を切らせながら、アポロンメディアに向かう道路沿いを走っていた。

と、虎徹に追いつくようにして、アポロンメディアのトランスポーターが並走してくる。

車両のサイドドアが開くと、マイクと拡声器付きヘルメットを被った斎藤さんが姿を現す。

「お、いたいた！」

斎藤さんの声に気付く虎徹。

「早く乗れ、タイガー！」

「斎藤さん！」

虎徹は瞬時にトランスポーターに飛び乗り、車内に入る。

トランスポーターの車内にはヒーローの変身ルームが存在する。

虎徹は変身ルームで所定の位置に立ち、両手を横に突き出した。

すると変身装置が赤外線によって虎徹の身体の位置をスキャンし、自動的にワイルドタイガーのスーツを装着させる。デザインが一新されたニューバージョンのスーツだ。

まさかこんな形で出動の呼び出しがかかるとは思いもしていなかった。

もう二度と身につけることはないと思っていたヒーロースーツの感触。

もう二度と嗅《か》ぐことはないと思っていたマスク内モニターの熱の匂い。

虎徹は奮い立つ思いだった。

期間限定といえども、自分には今やるべきことがある。

自分を必要としてくれている人達がいる。

雑念はいらない。

ただ、命を賭けてその人達を救う。それだけだ。

こうして虎徹は再びワイルドタイガーとして復活を遂げた。

すぐにバイクに跨ってアクセルを全開にすると、トランスポーターの後部扉から幹線道路へと飛び出す。

目指すは、シュナイダーが襲われているアポロンメディア本社ビルだ。

「よっしゃあ！　ワイルドに吠えるぜ！」

劇場版

TIGER & BUNNY

-The Rising-

Chapter. 05

There are spots even on the sun.

太陽にさえ黒点がある

それはヒーローたちにとって何よりも良い報《しら》せだった。

『みんな聞いて。今、一日限定でタイガーを復帰させたわ。美味しいとこ持ってかれたくなかったら、目の前のターゲットをバッチリ片付けること。いいわね！』

アニエスからの通信を受けたヒーローたちは皆、ワイルドタイガーに対し、通信上で声をかける。

ロックバイソンが親友の復活を喜ぶ。

『おう！　待ってたぜ虎徹！』

スカイハイとドラゴンキッドもまた、戦友とまた共に戦えることに感激する。

『おかえりなさい！』

『おかえり、タイガー！』

心では誰よりも虎徹の復帰を願っていたブルーローズは、素直に感情を表に出さず、憎まれ口を叩く。

『私の邪魔だけはしないでよね』

「わぁってるよ！」

そう応えながら虎徹はバイクを疾走させる。

幹線道路を走行する他の車を右に左に追い抜きつつ、アポロンメディアまであとちょっとの距離まで迫る。

その時、アポロンメディア屋上のヘリポートから飛び立つ鉄の塊を視認した。

「あれか……」

飛行する鉄の塊の正体は、シュナイダーを襲った異形のメカだった。

アポロンメディアのヘリが融合されて巨大化し、プロペラを回して空を飛んでいる。

異形のメカの右アームの中には捕縛されたシュナイダーの姿が。

「おろしてくれ！　金か？　金ならいくらでも用意する」

ワイルドタイガーは飛行中の異形のメカに狙いを定めると、ワイヤーを発射した。

「いけぇ！」

ワイヤーは狙い通り、異形のメカの機体部分にガッチリと固定される。

するとワイヤーに引っ張られてバランスを失った異形のメカは空中を蛇行し始める。

焦ったシュナイダーがワイルドタイガーに向かって叫ぶ。

「おーい、ここだ！　早く助けろ！」

抵抗する異形のメカに揺さぶられて、ワイルドタイガーもバランスを失ってしまう。そのまま空中へと吊《つ》り上げられて走行中だったバイクから離れると、ワイヤーにぶら下がったまま、異形のメカが飛行する方角へと引っ張られていく。

「だああああ」

異形のメカはオフィス街のビルとビルの間をぐんぐんと飛行していく。

ワイルドタイガーは体勢を保つことができないまま、オフィスビルの窓に直撃。そのまま異形のメカに引っ張られて、窓という窓を次々と破壊しながら引き摺《ず》られていく。

「うおおお、うがあ、だあ、うがっ、だぁ、うわぁ！」

ダイナソーパークでは、バーナビーとライアンが通信上で延々と続く虎徹の叫び声を聞いていた。

ヒーローたちの中、唯一ワイルドタイガーの復活を歓迎していなかったライアンが呆れたように声を上げる。

「あんなおっさんに何が出来るっつうんだよ」

ライアンが一瞬油断した隙に、カーシャが放ったチャクラムが飛んでくる。

海老反《えびぞ》りになってチャクラムをギリギリでかわすライアン。

「と！」


多目的広場では、度重なるマックスの超音波攻撃を食らい、またしてもスカイハイとロックバイソンが吹き飛ばされていた。

数的には有利なはずの状況にもかかわらず、大苦戦を強いられている。

二人のヒーローに歩み寄り、マックスがナメた口調で声をかける。

「そろそろノックアウトかなぁ?」

が、スカイハイは倒れたまま静かに口を開く。

「……バカを言っちゃいけないな」

「ああ、お前なんかにやられちゃタイガーに笑われちまう！」

スカイハイとロックバイソンは不屈の精神で立ち上がり、マックスに立ち向かう。

確かに今、ヒーローたちは未だかつてない三人の敵を前に苦境に立たされている。

だが、どんなに追い込まれていようとも諦めずに立ち向かい続けてきた男の背中を彼らは知っている。

一度はヒーローとしての人生が閉ざされた。それでもなお人々の想いと運命を味方につけて再びヒーローとして返り咲き、街の平和のために立ち上がろうとしている。

そんな彼に後れを取るわけにはいかない。

太陽にさえ黒点があるように、どんな困難な状況であろうとも必ずどこかに突破口があるはずだから。


パレード会場の出入り口広場では、救助隊の管理のもと、下水の噴出や爆発事故から無事避難した観覧客やパレード音楽団や舞踊団が一堂に集められていた。

怪我を負った者はその場で救助隊による応急処置を受けている。

そんな群衆のもとに一人のヒーローが駆けつける。なんと敵前逃亡した折紙サイクロンだ。

「この中に先ほどドラムの音で風船を割るパフォーマンスをした方はいるでござるか！」

すると音楽団のバスドラムを担当した男と音反響パフォーマーの面々が名乗りを上げた。

折紙サイクロンは彼らに近づき、訊ねる。

「どうやって風船に指一つ触れずに割ることができたのでござるか？」

「ああ、この装置を色んな角度から風船に向けておいて、ドラムの音を反響させて音圧を一点に集中させて割ったんです」

そう言って音反響パフォーマーの一人が円状の音反響装置を見せる。

「それは素晴らしい芸でござるな。記念に握手させて下さい」

折紙サイクロンは音反響パフォーマーの一人の手を取ると、強く握手を交わす。

「では拙者は急ぐのでこれにて！」

嵐のように現れ、嵐のように去っていく折紙サイクロンの背中を、音楽団の人々や周囲の避難者たちは皆、訳も分からぬまま唖然と見つめていた。


海洋博物館では、ジョニーの七節棍による攻撃を前に手も足も出ないブルーローズとドラゴンキッドの姿があった。長い戦いに疲弊し、共に膝をついている。

しかし心はまだ負けていない。ブルーローズが気力を振り絞って奮い立つ。

「中年が頑張ってんのに休んでなんかいられないわよ……」

「だよね……」と、ドラゴンキッドも同調する。

「やれやれ……いい加減君たちもお眠りなさい。あの男にも女にもなれない腰抜けと同じように……」

ネイサンを侮辱するジョニーの言葉に、ドラゴンキッドがハッとする。

ブルーローズは怒りを滲ませ、震える足で立ち上がる。

「何よ、それ……」

――ネイサンの精神世界。

とある高層ビルの屋上で、ネイサンが群がる手に追いつめられていた。

同級生の男子学生やネイサンの両親、一四歳のネイサンや女装している成人のネイサンに囲まれ、「気持ち悪りぃ」「親不孝者」と迫害の言葉を投げかけられている。女装しているネイサンに首を絞められ、ビルの屋上から突き落とされそうになるネイサン。

「そんなにアタシがいけないの？　もういや……もう……」

病室では、二部ヒーローたちがネイサンの炎の消火活動に当たっていた。

ヒーローTVの生放送から、ジョニーに対して怒りをぶつけるドラゴンキッドの叫びが聞こえてくる。

『何にも……知らないくせに！　ファイヤーさんを悪く言うな！　あんな風に、男の人みたいに強くて、女の人みたいに優しくてあったかい人、ファイヤーさんの他に、ボクは知らない！』

その時、ベッドで昏睡状態だったネイサンの指先がぴくりと動く。

——ネイサンの精神世界。

群がる手によって首を絞められ、絶体絶命のネイサンの耳に、どこからともなくドラゴンキッドの声が飛び込んでくる。

『あんな素敵な人、他にいないもん！』

それはこれまで心の中の迷宮を彷徨い続けていたネイサンを出口に導く一言だった。

ネイサンの目から静かに一筋の涙がこぼれ落ちる。

ネイサンは怯えることをやめ、自分の首を絞める女装しているネイサンを優しく押し返し、微笑んでみせる。

「……バカねぇアタシ。何を今さら悩んでたんだろ」

心無い人々から迫害を受け続けてきた。でも一方的に彼らを責めることはできない。

ネイサンの中にだって迷いはあった。心と身体のバランスが乱れ、自分自身がどうあるべきか、答えを見出《みいだ》せずにいた。

しかしはっきりとしていることが一つだけある。

信じ合える仲間だ。

ネイサンの傍には仲間がいる。

彼女たちは決して色眼鏡で見ることなく、ありのままのネイサンをありのままに受け入れていた。

これまでネイサンは自分自身の矛盾を正当化するための理屈ばかり考え、自分を愛そうと努力していた。

しかし探していた答えは元々そこにはなかったのだ。

何かを愛することに根拠なんて必要ないのだから。

そう気付いたネイサンは周囲の人達に対し、明るくパンパンと手を叩く。

「ハイハイ、もうおしまい。やめやめぇ」

ネイサンは今まで自分を苦しめていた女装しているネイサンをそっと抱きしめ、相手の耳元に囁く。

「だってこれがアタシだもんね……アタシはアタシに生まれてよかった」

次の瞬間、女装していたネイサンが花びらとなって散り、跡形もなく姿が消える。

ネイサンの鬱屈した深層心理が生み出していた虚像たちは、ネイサンの根拠なき愛によって浄化されていく。

周囲にいた他の人々を見渡し、清々しい表情を見せるネイサン。

「これでいいのよ。アタシはアタシ」

今、目に見える街も、風も、空も、全てネイサンの迷いが生み出した虚像にすぎない。

高層ビルの屋上から直下の街並みを見つめる。

思わず立ち眩《くら》みし、足が竦《すく》むような高度だ。

それでも今のネイサンは意に介することなく、ビルの屋上から思いっきりダイブした。

身体が急降下し、眼前に街路樹やコンクリートの地面が迫る。

しかしネイサンの心から迷いが消えた時、その光景は一変。

無数の花びらが舞い散り、ネイサンを包み込んでいく――。


ダイナソーパークでは、分身状態の無数のカーシャたちを前に、バーナビーとライアンが攻勢に出られずにいた。

闇雲に攻撃したところで分身は消えてなくなるだけで、カーシャ本体にダメージを与えることはできない。その上、無数のカーシャから断続的にチャクラムが放たれる。

相手の攻撃を避けることで精一杯という状況だった。

カーシャは休む間もなく次々とチャクラムを飛ばしながら、まるで演舞を楽しむかのように踊っている。

「傷だらけの男もいいものねぇ」

チャクラムをかわし続けるだけで精一杯のバーナビーとライアンだった。

痺れを切らしたライアンがバーナビーを急かす。

「おい、なんで能力使わねぇんだよ？」

「本体が分からないのにどう動けと？　とにかく今は攻撃を避けつつ、打開策を探るしか」

「俺が合図したらあそこに逃げ込め」と、ライアンはある方角を指し示す。

「は？」

バーナビーがその方角に目を移すと、カーシャたちの後方にビルとビルの隙間の細道があった。

一体そこに逃げて何になるのか？

バーナビーが疑問を抱いていると、ライアンが自信に満ちた態度を見せる。

「ちょっとは相棒の言うこと聞けって」

きっとライアンには何か策があるのだろう、とバーナビーは感じ取る。

このままの状況が続けば体力を無駄に消耗するだけ。ならばパートナーの指示に賭けてみるしかない。

バーナビーとライアンはコンビを組んで間もない関係だ。それでも彼らの間にはわずかながらも確かな信頼が築かれていた。

信頼というものは、互いが過ごした時間の長さに必ずしも比例して生まれるものではない。

肝心なのは密度だ。

たとえ一瞬でも、互いの精神が密に繋がり合った時、彼らの呼吸は一つになる。

「行け！」

ライアンが号令を下すと、バーナビーは言われた細道の方へと駆け出す。

突然のバーナビーの行動にマリオが驚く。

『あああっと、折紙サイクロンに続き、バーナビーまで現場放棄か⁉』

「行かせないって言ったはずよ！」

無数のカーシャたちはバーナビーを追い、細道へと進入していく。

「さぁて……」

ライアンは不敵に笑みを浮かべると、地面に両手をついてＮＥＸＴ能力を発動した。

「どど～～～～ん」

ライアンの前方に円形状の重力場が発生する。

ライアンの能力発動に気付いたカーシャが鼻で笑う。

「そんなところで発動しても無駄よ！」

ライアンが発生させた重力場はバーナビーとカーシャたちが進入した細道には届いていない。

なぜ彼が無鉄砲に射程圏外で能力を発動したのか、理解できる者はいなかった。

が、ライアンはいつになく意識を集中させ、ＮＥＸＴ能力の発動に力を込め始める。

「どどどどどどどどどど」

カーシャはライアンのことなど完全に無視し、バーナビーを捕らえるべくチャクラムを放ち続けている。

ライアンの策に疑問を抱きつつも、バーナビーはなんとか細道でチャクラムをかわし続けている。

なおも意識を集中させ、ライアンは地面についた両手に力を込める。

「どどどどどどどどどどど」

その時だった。

カーシャの分身の一人が突然、重力場に捕まり、身動きがとれなくなる。

「何⁉」

なんとライアンの円形状の重力場が次第に形を歪め、楕円状《だえん》になって細道の方へと延びている。

『これはどういうことだ！　ライアンの重力場が縦に延びました！』

重力場はみるみる延びていき、細道にいるカーシャの分身たちを次々に捕らえ、とうとう全てのカーシャを射程圏内に拘束。細道の最奥にいたバーナビーだけが射程圏外にいる。

「すぐ捕まえろよ、ジュニア君！」

ライアンの言葉を、バーナビーは瞬時に理解した。

カーシャの分身たちが残像のようなノイズを走らせたまま動きを止めている中、一人だけ重力場に捕らえられ、地面に伏しているカーシャがいる。

つまり彼女こそが本体だ。

ライアンが地面から両手を離すと、ＮＥＸＴ能力が解除され、重力場が消え去る。

次の瞬間、バーナビーはカーシャ本体のところに駆け出し、カーシャに手刀を当て優しく気絶させる。

するとノイズが走っていたカーシャの分身たちが一斉に姿を消した。

『やりました！　ライアン＆バーナビーが苦戦の末に犯人を確保！』

多目的広場では、スカイハイとロックバイソンがマックスの強烈なパンチの応酬によって為《な》す術もなく倒されていた。

「キング・オブ・ヒーローも口先だけだな」

マックスは余裕の表情で倒れている二人のヒーローに歩み寄ると、とどめのパンチをお見舞いするべく拳を構える。

至近距離からマックスのパンチを食らったらひとたまりもない。

まさに絶体絶命のピンチ。

その時、マックスめがけて大手裏剣が飛んでくる。

「うお！」

即座に反応し、バックステップでかわすマックス。大手裏剣はそのまま地面に深く突き刺さる。

なんと逃走したはずの折紙サイクロンが多目的広場に舞い戻ってきたのだ。

「そうはいかないでござる！」

予期せぬ展開にマリオが声を張る。

『なんと折紙サイクロンがカムバック！』

倒れていたスカイハイとロックバイソンが顔を上げて驚いている。

「折紙君……」

「お前……」

「拙者は仲間を置いて逃げたりしないでござる！」

小馬鹿にするように手をパチパチと叩くマックス。

「立派立派。けどお前に何が出来んだ？　あ？」

マックスは口を大きく開けてＮＥＸＴ能力を発動すると、折紙サイクロンに向かって超音波を発生させる。

超音波の音圧に押され、折紙サイクロンは堪らず仰《の》け反る。

「だあ！」

その時、折紙サイクロンはＮＥＸＴ能力を発動。パレード会場にいた音反響パフォーマーに姿を変えた。

すると手にした音反響装置によって超音波を反響させ、マックス自身に撥《は》ね返す。

自ら放った超音波を全身で受けたマックスはそのまま後方に吹き飛び、柱に激突した。

「うぉぉぉがぁぁぁぁぁ」

何が起きたのか分からず、茫然と眺めるスカイハイとロックバイソン。

「一体何が……」

「分かんねぇ」

全ては折紙サイクロンなりの計算だった。

パレードにいた音反響パフォーマーならば、マックスの超音波に対抗できるかもしれない。そう折紙サイクロンは考え、擬態の能力でコピーするために彼らを捜しに行っていたのだ。

マックスが油断していることに気付いたロックバイソンがスカイハイに告げる。

「……おい、俺を奴に飛ばしてくれ」

「え？　それは一体……」

ロックバイソンはフェイスガードをオープンさせ、真っ直ぐな眼差しでスカイハイに訴えかける。

「いいから頼む！」

ロックバイソンの決意の眼光を感じ取ると、スカイハイは全身の力を込めてロックバイソンに向かってNEXT能力を発動した。

「スカーイハーイ！」

スカイハイの風に乗ってマックスめがけて猛牛戦車の如く飛んでいくロックバイソン。NEXT能力を発動し、身体を硬くした状態で高速スピンを繰り出す。

「だありゃぁぁぁぁぁ」

ロックバイソンはそのままマックスの身体に直撃し、マックスもろとも壁まで吹き飛んで激突した。

強烈な衝撃によって、マックスは堪らず気絶した。

『うほほほほーっ、今シーズン全く見せ場のなかったロックバイソンがやってくれました！』

強敵マックスを打ち崩すことができたのは、ヒーロー三人の連係プレーによるものだった。

折紙サイクロンが音反響パフォーマーに変身することで超音波攻撃を打破し、スカイハイの風の能力と、ロックバイソンの身体が硬くなる能力の合わせ技でマックスを粉砕。

いつもはポイントを競い合うライバル同士だが、この時ばかりは互いの絆《きずな》の強さがもたらした勝利に違いなかった。

ブルーローズとドラゴンキッドはジョニー相手に死力を尽くした戦いを続けていた。何度立ち上がっても、ジョニーの七節棍の威力を前に倒されてしまう。

ドラゴンキッドは最後の力を振り絞り、電撃を纏わせた棍棒をジョニーめがけて振り下ろす。

が、ジョニーは七節棍でドラゴンキッドの攻撃を軽々と受け止めてしまう。

「無駄だよ、お嬢ちゃん」

と、七節棍でドラゴンキッドの棍棒を弾き返すと、ドラゴンキッドのみぞおちを一突きして吹き飛ばす。

無残にも倒れるドラゴンキッド。もはや立ち上がる気力はほとんど残っていない。

ジョニーは悠然とドラゴンキッドに歩み寄ると、右手で彼女の首根っこを掴んだ。そしてNEXT能力を発動し、左手に光の球を発生させる。

『危ない！　ドラゴンキッドが犯人の手に……』

もし光の球を食らえば、ファイヤーエンブレムが苦しんだようにドラゴンキッドも精神世界へと誘《いざな》われてしまう。

「まずは君からお眠りなさい」

と、意識が朦朧《もうろう》としているドラゴンキッドに光の球を浴びせようとする。

その時、ジョニーめがけて紅蓮《ぐれん》の炎が襲いかかる。

ジョニーはとっさに反応し、後ずさって炎をかわした。

見覚えのある赤く燃えるその炎が、待ち焦がれていたブルーローズとドラゴンキッドの心を温かく包む。

帰ってきてくれた。

いや、必ず帰ってきてくれると信じていた。

彼女たちの頭上に横たわる鉄骨から飛び下りる一人のヒーロー。赤い炎のマントをたなびかせ、満を持して決戦の場へと着地する。

「おまた」

ファイヤーエンブレムの登場に、マリオが驚きの声を上げる。

『なんとファイヤーエンブレム！』

ファイヤーエンブレムが眠りから復活したことに、ドラゴンキッドとブルーローズは歓喜の声を上げる。

「よかった！　目覚めたんだ！」

「心配したんだから」

「感動の再会は後。まずあのジジイを片付けちゃいましょう」

ジョニーは不敵な笑みを浮かべると、ＮＥＸＴ能力を発動。ファイヤーエンブレムに向かって再び光の球を浴びせようとする。

「はあああ」

「危ない！」と、ブルーローズは声を上げた。

せっかく眠りの世界から復活できたのに、ここで再び攻撃を食らってしまえばまた昏睡状態に陥ってしまう。

誰もがそう思った時、ファイヤーエンブレムは堂々と胸を張ってジョニーに対峙する。

「やってみなさいよ」

逃げも隠れもしないファイヤーエンブレムの態度に、ジョニーは動揺した。

「もう今のアタシには心の傷なんて一つもないの！」

ファイヤーエンブレムはそう言い張ると、天高く指を突き出し、指先に炎を集める。

「男は度胸、女は愛嬌《あいきょう》って言うじゃない？　じゃあオカマは何か知ってる？」

「？」

「最強よ！」

するとファイヤーエンブレムは全身の力を込めて巨大な炎の塊を発生させ、ジョニーめがけて放つ。

「ぬんおおおおお」

炎の塊に飲み込まれ、燃えさかるジョニー。

しかしジョニーもそれでは終わらない。炎の中から飛び出し、ファイヤーエンブレムの身体に七節棍を叩きつける。

ファイヤーエンブレムは吹き飛んで柱に激突してしまう。

『ああ、やはり病み上がりでは厳しかったか……』

ファイヤーエンブレムにトドメを刺すべく、ジョニーは間髪容れずに七節棍を振り上げて回転させる。

「ハァーッ！」

このままではファイヤーエンブレムが危ない。

とっさにブルーローズが飛び出し、ファイヤーエンブレムを背にしてジョニーにリキッドガンを撃ち込もうとする。

が、ジョニーの攻撃の方が一瞬早く、ブルーローズは七節棍の攻撃をもろに食らい、吹き飛ばされてしまう。

「はああああああ」

ジョニーは叫びながら七節棍を振り上げると、倒れているブルーローズめがけてトドメを刺そうとする。

それに気付いたファイヤーエンブレムがとっさにブルーローズに覆い被さるようにして盾になり、背中でジョニーの攻撃を何度も受ける。

ドラゴンキッドは愕然とし、身体を動かせずにいた。

「はああああああああ」

ジョニーは最後の一撃とばかりに大きく七節棍を振り上げる。

頭が真っ白になり、ドラゴンキッドが無我夢中で叫ぶ。

「やめろぉ！」

その瞬間、ドラゴンキッドの身体から電撃が放たれ、竜の形になってジョニーめがけて飛んでいく。

ジョニーは余裕の表情で電撃を正面から受けようとする。ジョニーのプロテクターとゴム製の洋服が電撃を通さない装備であることは以前の戦いで証明されている。

ところがドラゴンキッドの電撃が形を変えて拡散し、バリケードのようにジョニーの周囲を囲む。

そして竜の形をした電撃がまるで意思を持った生き物のようにジョニーめがけて襲いかかる。

ジョニーは堪らず七節棍を盾にして竜の形をした電撃を防ぐ。

無意識に放電を続けていたドラゴンキッドは、予期せず変形した電撃に驚いた。

「あれ……今……」

その隙をつき、今度はファイヤーエンブレムがジョニーめがけて炎の柱を放つ。

電撃のバリケードによって逃げ場がなかったジョニーに炎が直撃。その炎によってジョニーが装備していたプロテクターとゴム製の洋服が燃え、CAS冷凍プロテクターが爆発した。

「ぬおぉぉぉぉぉ、おのれぇぇぇ」

「絶対逃がさない！」

今度はブルーローズがジョニーめがけてリキッドガンを放つ。

電撃と炎の波状攻撃によって行き場をなくしていたジョニーに氷の攻撃が直撃。足元から徐々に凍りついていき、最後には頭のてっぺんまで凍りついて動けなくなった。

今までになく厳しい戦いだった。

答えの出ない心の迷宮の中で彷徨い続けたファイヤーエンブレム。

仲間を失うかもしれない恐怖に苛《さいな》まれたブルーローズとドラゴンキッド。

何度立ち向かっても歯が立たない強敵ジョニー。

しかし彼女たちは互いに手を差し伸べ合うことで、苦境を乗り越えることができたのだ。

戦いの勝利を確信し、彼女たちは束の間の安堵の笑みを浮かべた。

『決まったぁ！　復活したファイヤーエンブレムたち三人の合体技が炸裂しました！』

三人の強敵を相手に彼らヒーローたちが勝利したことはきっと、偶然でも、運命でもない。

もし個々のヒーローがバラバラのまま戦っていたとしたら、乗り越えることができない壁だっただろう。

しかし彼らはそうはしなかった。

ライバル会社のヒーロー同士が互いに力を合わせ、死力を尽くす。

そこに会社員ヒーローとしての利害関係や損得勘定はない。

彼らがヒーローと呼ばれるのは、ヒーロースーツを着て街の治安活動に当たっているからだけではない。

彼らの心を、彼らの生き様を、人はヒーローと呼ぶのだ。

劇場版

TIGER & BUNNY

-The Rising-

Chapter. 06

In every country the sun rises in the morning.

あらゆる国で太陽は朝昇る

彼らヒーローたちの戦いはまだ終わってはいない。

見事マックス、カーシャ、ジョニーの三人を確保することができたものの、解決しなければならない危機的状況がもう一つ残っていた。

シュナイダーを襲う謎の異形のメカだ。

普段はワンマン経営者として偉ぶるシュナイダーも、命の危機に晒されている状況下で情けない声を張り上げている。

「わあああああああああ」

はたして何者によって仕向けられたものなのかは判明していない。

が、異形のメカは依然としてシュナイダーの身柄を拘束したまま、シュテルンビルト市内を飛び回っていた。

その危機に立ち向かっていたのが期間限定で復帰したワイルドタイガーだ。ワイヤーを異形のメカに固定したまま空中で振り回され、道路の信号や広告用の看板に激突しながら必死に食らいついている。

「っだ！　っだ！　っだ！」

度重なる衝撃によって異形のメカに固定していたワイヤーが外れる。

「へ？」

ワイルドタイガーはそのまま空中に放り出され、幹線道路の壁に衝突。鉄柵を破って高架下へと放り出されそうになってしまう。

「あああああああ」

とっさに道路外にはみ出た鉄柵の一部に片手で摑まると、「危ねぇ……」と安堵してホッと一息。

ところが次の瞬間、自身の重みによって鉄柵が傾き、高架下に落下しそうになってしまう。

「っだ！」

その時だった。

落下しかけたワイルドタイガーの腕を何者かの手が摑んだ。

赤いヒーロースーツのアーム。

よりにもよってこんな再会の仕方をするなんて。虎徹の気持ちは複雑だった。

しかし思い返してみれば、それが虎徹と彼だった。

初めて出会った時も、絶体絶命の状況下にあった虎徹を、彼が抱き上げて救った。

運命という名の磁石に吸い寄せられるように、虎徹のピンチに駆けつけるのはいつも彼だ。

「バニー？」

バーナビーは摑んだワイルドタイガーの手を手荒に振り上げ、幹線道路上に放り投げる。

「どわぁ！」

と、道路に身体を思いっきり打ちつける。

「どはっ！……いってぇ」

「何やってるんですか？　どうせまた能力の使いどころを間違えたんでしょ？」

いつものような嫌味を言いながら、バーナビーは倒れているワイルドタイガーに歩み寄る。

「使ってねぇよ、お前に言われたから」

「え？」

「おかげで手が痺れちまった」

痺れた右手を労《いたわ》りながら、バーナビーの方を振り向くワイルドタイガー。フェイスガードを開け、優しくおどけたような表情を見せる。

その姿を見たバーナビーは思わず口元を緩めた。

『能力を発動させるタイミングを勉強してほしい』と告げた言葉を、虎徹が覚えていてくれたからだ。

「おいおい、んな奴ほっとけよ！」

そう声をかけたのは、ライアンだ。

近くに停まっていたダブルチェイサーのサイドカーに横柄に腰を下ろしたまま、バーナビーを急かす。

「獲物が逃げちまうだろ！」

バーナビーは一瞬迷いの表情を見せた。

内心では虎徹のことを気にしていたが、今の自分のパートナーはライアンだ。虎徹に構っている場合ではない。

「……ええ」

後ろ髪を引かれる思いを感じつつも、ライアンの方へと歩を進める。

そこへ爆発音が響き渡る。

虎徹、バーナビー、ライアンが即座に上空を見上げると、上空を飛んでいた異形のメカが青い炎に包まれている。

青い炎を目の当たりにした瞬間、虎徹とバーナビーは招かれざる男の存在を予感した。

異形のメカは爆発をものともせず、シュナイダーを右のアームで掴んだまま体勢を立て直す。

そこへヒーローTVのヘリが飛んできて、異形のメカをカメラで空撮する。

『見えてきました、見えてきました』

ふと空撮カメラが街の一角のビル屋上にいた何者かに気付き、ピントを合わせる。

死神のような出で立ちでマントをなびかせ、ボウガンを構えている。

『ん？』


アニエスは思わず身を乗り出した。

スイッチングルームのモニターに見覚えのある姿が映り込んでいたからだ。

「こいつ……どうして？」

『あれは……ルナティックです！　ようやくカメラがバーナビーたちを捉えたところ、なんとそこにはルナティックの姿が！　どういうことでしょう？　殺人犯だけを狙うはずの彼がどうしてここに⁉』

街頭ビジョンでその模様を見ている市民たち。ルナティックの登場に思わず固唾を呑む。

幹線道路上で、ライアンはルナティックを初めて目の当たりにしていた。

「きんもち悪りぃ奴だなぁ」

するとワイルドタイガーはバーナビーとライアンを急かす。

「お前らはあの機械野郎を追え」

「え？」

と、ライアンが戸惑っていると、ワイルドタイガーは二人の返事を待たず、ワイヤーを構える。

目標はルナティック付近のビルだ。

ワイヤーを発射して固定すると、そのままワイヤーを巻き戻し、ビルの方へと飛んでいく。

突然のワイルドタイガーの行動に、バーナビーが思わず叫ぶ。

「虎徹さん！」

ワイルドタイガーはビルの屋上に到達すると、ルナティックと対峙する。

「こいつは、俺が面倒見る！」

幹線道路上から心配そうにワイルドタイガーの方を見上げているバーナビー。

「おい早く行くぞ」

ライアンが急かすが、バーナビーはビルの方を見上げたまま反応がない。

「おい！」

それでもなお反応しないバーナビーに、ライアンは呆れ返る。

ついさっき、二人がかりで難敵カーシャを確保することができた時、ライアンはバーナビーと呼吸を一つにできたように感じていた。

にもかかわらず、古い相方と出会った途端、バーナビーの呼吸がまるで別人のもののように感じる。

「勝手にしろ！」

ライアンが操作盤を弄《いじ》ると、サイドカーは動作音と共にハンドルが伸びて変形し、運転可能なバイクに姿を変えた。アクセルを全開にし、飛行中の異形のメカの方角へダブルチェイサーを発進させる。

ルナティックはライアンが発進したことに気付くと、再び異形のメカにボウガンの照準を合わせ、狙い撃ちしようとする。

しかしワイルドタイガーがそれをさせない。ワイヤーをルナティックの腕めがけて発射して絡みつかせ、ボウガンの照準を狂わせる。その隙に幹線道路上に立ち尽くしているバーナビーに向かって叫ぶ。

「早く行けよ！　コンビがバラバラじゃ意味ねぇだろ！」

「でも……」

バーナビーが戸惑うのには理由があった。

ワイルドタイガーはＮＥＸＴ能力が減退し、本来なら五分間持続するハンドレッドパワーが一分しか持たない。

ルナティックは手強いＮＥＸＴだ。これまでにも散々ヒーローたちを妨害し、激戦を繰り広げてきたが、未だに確保には至れていない。

それほどの相手に、今のワイルドタイガーがたった一人で挑むのは危険すぎたからだ。

しかしワイルドタイガーはそんな危惧《きぐ》など微塵《みじん》も感じていない様子で、バーナビーを急かすように叫ぶ。

「バニー！」

その時、バーナビーはワイルドタイガーの意図を察する。

この現状で優先すべきは一市民であるシュナイダーの安否だ。迷っている暇はない。

バーナビーは決意するとＮＥＸＴ能力を発動。ライアンの後を超高速で追っていく。

ルナティックは標的を狙うことを諦めると、腕に絡まったワイヤーを振り払う。

「退《ど》け、貴様に用はない」

「うちのオーナー様があの機械にとっ捕まってんだ。てめえにちょっかい出されるわけにはいかねえんだよ」

「愚かな。真の悪も見抜けぬとは」

「あ？」

「……タナトスは常に真実を告げている」

虎徹はルナティックの言葉の意味を理解しかねた。

そもそもなぜルナティックはヒーローを妨害するような行動に出たのか？

本来ルナティックは、人命を奪った悪人を咎《とが》め、死を以《もっ》て償わせる処刑人だ。

一連の事件を起こした犯罪者たちに対して裁きを与えるならともかく、一市民を助けようとしているヒーローの邪魔をするのは彼の哲学に反するはずではないのか？

一体ルナティックは何を考えているのか。

『ワイルドタイガーだけでルナティックを止められるのか？』

街頭ビジョンで、ワイルドタイガーとルナティックが映るヒーローTVを見つめる市民たち。

その中に、安寿や村正と共に心配そうに中継を見つめる楓がいた。

「……お父さん」

その時、楓の近くでヒーローTVを見ていた施設の子供の一人が何かに気付く。

「ねぇ、あれ何？」

指差した先には、シュナイダーを捕らえたまま飛行する異形のメカの姿が。

異形のメカはシルバーステージのビルとビルの間を抜けると、港の方へと進路を変える。

捕まったままのシュナイダーは異形のメカの目的が分からず声を震わせる。

「なんだよ！　どうするつもりだ！」

異形のメカは湾岸に辿り着くと、ブロンズステージまで高度を落とし、港内で動きを止めた。

するとシュナイダーを摑んだ右アームが動き出す。

「ひゃっ！」と、シュナイダーは堪らず悲鳴を上げた。

シュナイダーは異形のメカの右アームによって港内の柱に叩きつけられ、衝撃で軽い脳震盪《のうしんとう》を起こしてしまう。

次の瞬間、異形のメカの右アームがまるで生き物のように蠢き、シュナイダーに覆い被さった。

「全てのシュテルンビルト市民に告ぐ」

突然、機械音のような反響を伴って、異形のメカの内部にいた何者かが喋り出した。

「伝説の女神が示した正義を今宵《こよい》再びお見せしようではないか。そしてその目にこの男の死を焼き付けろ！」

　すると異形のメカの尻尾《しっぽ》部分が巨大なドリルに変形し、高速で回転を始める。

　命の危機を感じたシュナイダーは脱出しようと必死にもがくが、覆い被さった右アームによって完全に身体が固定され、身動きが取れない。

　巨大ドリルは轟音を響かせて回転したまま、シュナイダーめがけて近づいていく。

「うじゃはぁぁぁ、ひぃぃぃぃぃぃぃ」

　その時、上空に煌《きらめ》く一筋の赤い光——バーナビーだ。

「はぁぁぁぁ！」

　背中のバーニアを最大出力で噴出し、巨大ドリルに向かってジャンプキックを炸裂させる。

　次の瞬間、巨大ドリルが大爆発を起こす。

　爆発の衝撃によって異形のメカはバランスを崩し、地上めがけて墜落していく。

　さらに爆発の衝撃によって傾く港の柱。シュナイダーは柱にめり込んだまま悲鳴を上げる。

「わあああ」

　バーナビーはシュナイダーの身を守るため、傾きかけた柱の根元に駆けつけ、柱を支える。

「ライアン！」と、バーナビーが叫ぶ。

　するとライアンがバイクをウィリーさせて港まで飛んでくる。

「俺に指図すんなっつーの！」

　そのままバイクを捨てて上空から港の地面へと着地。両手を地面について得意のＮＥＸＴ能力を発動した。

ライアン周辺に円形の重力場が発生し、落下中の異形のメカを見事に射程圏内に捉え、動きを封じた。

「決まった……」

と、ライアンは渋い声で恰好つけると、フェイスガードを開け、付近を飛んでいたヘリの空撮カメラに向かっておどけてみせる。

「って感じ？」

『やってくれます！　ライアン＆バーナビー、本日二度目の活躍です！』

街頭ビジョンやヒーローズＢＡＲで生中継を見ていた多くの市民が大きな歓声を上げる。

ライアンは地面に打ちつけられたまま動かなくなった異形のメカに歩み寄る。

「つうか何だ？　この機械は？　これが女神の正体だってのか？」

バーナビーもまた、フェイスガードをオープンさせ、異形のメカの正体を探る為に地面にバラバラに散っていた破片の一部を手に取ろうとする。

「触るな！」と、バーナビーを制する何者かの声。

バーナビーは声がした方を振り向くと、その声の主に気付き、思わず目を疑う。

「……どういうつもりですか？」

異形のメカの正体に気付いたライアンが声の主に近づいていく。

「アンタが全部糸を引いてたってわけか。ヴィルギルさんよ」

バーナビーとライアンの視線の先には、異形のメカの装甲がバラバラに解体され、剥《む》き出しになったところに上半身裸の状態のヴィルギルの姿があった。

アポロンメディア社内では、ベンが気絶していたロイズを揺り起こしていた。

「大丈夫か。おい」

ロイズは意識を取り戻すと、弱々しい声で訊ねる。

「……あ、はい。一体何が」

ベンは社内にあったテレビに視線を移すと、画面に映っていたヴィルギルを見つめて憎々しげに呟く。

「……あの野郎」


「アンドリューだ」

突然口を開いたヴィルギルの発言に、バーナビーとライアンは疑念を抱く。

「アンドリュー・スコット……それが俺の名」

その名を耳にしたシュナイダーが驚愕する。

「スコット?」

シュナイダーにとっては身に覚えのある名前だった。

「スコットシステムの名を聞いたことは?」

そう言うと、アンドリューは左手を掲げて、ボロボロの腕時計を見せつける。腕時計の針は動いていない。

「は?」と、ライアン。

「なくて当然だ。父の会社はとても小さなものだったから……いい父親だったよ。男手一つで俺を育て、どんなに忙しくとも決して文句を言わない人だった……働き者の父のおかげでなんとか会社が潰れずに済んでいることは幼い俺にも理解できた。だから父の事業に賛同する男が現れた時は飛び上がるほど嬉しかった……それがシュナイダーだ」

――それはアンドリューがまだ幼かった頃。

アンドリューの父はシステム開発設計事務所『スコットシステム』の社長だった。

社員はわずか五人。

父は社員の生活を守る為、少しでも事務所の利益を上げようと必死に働いていた。

手首につけた腕時計を見る暇もなく設計に追われる日々。

幼いアンドリューは仕事に精を出す父の姿を誇りに思っていた。暇さえあれば職場に顔を出し、父にコーヒーを淹《い》れてあげる。それがアンドリューの日課だった。

どんなに忙しくても、どんなに事務所の経営が苦しくても、父はアンドリューに優しい笑顔を向け、ありがたそうにコーヒーを飲んでくれていた。

アンドリューはそんな父の笑顔を見るのが大好きだった。

そんなある日、父の事務所に転機が訪れた。

父の事務所に若きシュナイダーが現れたのだ。

彼は当時ガーゴイルテクニカを起業し、ＩＴ業界で右に出る者無しとまで言われるほど乗りに乗っていた。

そんな彼が父の事業に賛同し、巨額の金を出資したいと提案したのだ。

父は救われる思いだった。

これで社員の生活を守ることができ、事業を軌道に乗せることができるからだ。

見たこともないような出資金の額が記載された契約書を渡された父は、震える手で契約書にサインし、シュナイダーと力強く握手を交わした。


「会社は瞬く間に成長。シュナイダーは救世主。この人には一生頭が上がらない、そう思っていたよ……父が自殺するまでは」


――無人になった父の事務所で、幼いアンドリューは茫然としていた。

訳も分からないまま突然、この世から父が消えた。

いつもコーヒーを持っていってあげていた父のデスクを訪れると、デスクには父がいつもつけていた腕時計が置いてあった。

腕時計は故障してしまったのか、針はもう動いていない。

故障した腕時計を力強く握りしめると、アンドリューは目の色を変えた。

その目に宿るのは、自分を置いて自ら命を絶ったと言われていた父に対する疑念――。

「誓って言える……父は自ら命を絶つような人間じゃない。死に物狂いで俺は父の死の真相を探った。そして俺は事実を突き止めた」

アンドリューの告白はカメラを通じ、シュテルンビルトの全市民に対し生中継されていた。

誰もが固唾を呑み、アンドリューの心の叫びに耳を傾けている。

「父が騙された挙げ句、会社をむりやり買収されていたことを……シュナイダーの不正投資を揉み消す為に父は利用されたんだ！」

その言葉にバーナビーとライアンはハッとする。

「全てを公表し、シュナイダーに鉄槌《てっつい》を下す。そのためだけにこの数年間、秘書として懐に入り、全てを探った……そして時は来た」

そう告げると、アンドリューはNEXT能力を発動した。港周辺に散らばっていた機械のガラクタや残骸《ざんがい》が次々と動き出す。

「フェスティバル当日は他の警備が手薄になる。後はあなたたちヒーローさえ足止めできれば……」

「だから女神の伝説を使って……」と、バーナビー。

「そのためだけじゃない。正義の心を失ったこの悪魔が成敗されるのを人々に見せつけてやろうと思ってね」

シュテルンビルトの一大イベントであるジャスティスフェスティバルに大事件を起こせば、間違いなく大々的なニュースとなり、多くのマスコミが事件を報道するだろう。

その状況下で憎きシュナイダーを断罪すれば、大勢の人々にシュナイダーがこれまでいかに悪事を働いてきたかを知らしめることができる。それがアンドリューの狙いだった。

「そんであのNEXTたちを雇ったってわけか」

ライアンの見当違いな発言に、アンドリューは思わず失笑する。

「……雇った？　俺たちはシュナイダーに復讐を誓った同志。彼らも被害者だ」

――アンドリューの計画に加担していたマックス、カーシャ、ジョニーは皆、シュナイダーに人生を奪われた者たちだった。

マックスはその昔、将来有望なプロボクサーだった。

シュナイダーはマックスに広告塔としての価値を見出し、スポンサーについて活動資金を支援していた。

マックスは恵まれた活動環境を得て、常勝不敗の戦績を挙げ続けた。

ところがある日シュナイダーはマックスのスポンサーを突然降りてしまった。

理由はボクシングに飽きた。ただその一点だ。

マックスは必死に食い下がったが、シュナイダーの決定が覆ることはなかった。

マックスが所属していたジムはシュナイダーの一存によって強制的に解体され、マックスが信頼を寄せていたトレーナーは職場を失い、心痛から身体を患って他界。

シュナイダーの単なる気まぐれで、マックスの人生は滅茶苦茶にされてしまっていた。

カーシャは昔、高級クラブのダンサーとして地道に働いていた。

仲間のダンサーたちを指導しながら大好きな踊りを舞う日々。

やがてカーシャたちダンサーの踊りが世間で評判となり、シュナイダーの目に留まった。

ある日、シュナイダーは金に物を言わせて高級クラブを買収。

ところが一ヶ月もしないうちにシュナイダーはカーシャたちのダンスに飽きてしまい、クラブ経営を放棄。カーシャにとって命の次に大切だったダンサーの装飾品を奪い取り、強制的に高級クラブを潰してしまった。

働き口を失い、カーシャや仲間たちは路頭に迷い、ダンサーとしての人生を踏みにじられたのだ。

ジョニーは寺の僧侶として神に仕え、地域の人々に奉公。世の為人の為に尽くすことに生き甲斐《がい》を感じていた。

ところがある日、寺は強制立ち退きに遭い、建物がショベルカーで取り壊されてしまう。

シュナイダーが土地を買収し、リゾート施設を建てようとしていたのだ。

ジョニーら僧侶は一丸となってガーゴイルテクニカに対し、訴訟を起こした。

が、シュナイダーは金に物を言わせて有能な弁護団を雇い、ジョニーたちは敗訴。

ジョニーら僧侶は皆、居場所を失う羽目になった——。


シュナイダーは事実を知り、返す言葉もなかった。一連の事件の犯人が皆、自分に対して報復しようとしている者たちだったとは思いも寄らなかったからだ。

バーナビーはアンドリューの告白が他人事とは思えなかった。

親を失ったアンドリューの苦しみを、バーナビーは誰よりも知っていたからだ。

「バーナビーさん。あなたも復讐の為にヒーローを始めたはず」

アンドリューに指摘され、バーナビーは思わず目を見開いた。

「あと少し……あと少しで全てが終わるんです……それでも俺を止めますか?」

切実なアンドリューの眼差し。

その目を、バーナビーはただ黙って見つめ返している。

マスクの通信を介して、アンドリューの告白を耳にしていた虎徹は、ようやく抱いていた疑念の答えが分かった。

なぜルナティックがアンドリューの犯行に加担していたのか？

「つまりお前は復讐を手伝いに来たってわけか？」

「悪を庇うも重き罪なり。ならば正すまでのこと」

「復讐だろうが……人を殺《あや》めていいわけねぇだろ」

「貴様は殺人を否定するが、貴様の相棒は親の仇が息絶えたことで、安息の時を得たのではないのかね？」

バーナビーはアンドリューを真っ直ぐに見つめていた。

「確かに……僕も復讐を願った時期がある。そうすれば父と母……奪われた未来を取り戻すことが出来ると」

「ならばあなたは何故その男を救おうとするのです？」

アンドリューは腑に落ちなかった。

バーナビーは誰よりも自分の苦しみを理解しているはず。

にもかかわらず、シュナイダーがこれまで犯してきた悪事を知ってもなお、バーナビーはシュナイダーの盾になったまま退こうとはしない。

自分の復讐心は肯定しておきながら、他人の復讐心を否定する。

そんな理不尽がまかり通ると、この男は思っているのか？

アンドリューは冷徹な眼差しを向け、バーナビーの答えを待った。

彼が目先の被害者であるシュナイダーだけを庇おうとするならば容赦はしない。

しかしこの時、バーナビーが考えていたのは彼とは別次元のことだった。

今、目の前で襲われているシュナイダーを救うことは物理的なヒーローの責務にすぎない。

それよりも為すべきことが、為さなければならないことがバーナビーにはあった。

今のバーナビーだからこそ知っていることがある。

復讐は、大切な人を失った哀しみを癒《いや》してはくれないことを。

憎しみは、心を渇かせ続けることを。

真の意味で彼を救わない限り、悲劇は終わらないことを。

バーナビーはアンドリューから一切目を逸らすことなく、静かに口を開く。

「僕が救いたいのは……あなたです」

ルナティックの問いに対し、ワイルドタイガーは訴える。

「アイツはな……今もずっと苦しんでんだ。過去を全部受け入れて前に進もうと必死にもがいてんだ！」

と、ルナティックに向かって駆け出すと、渾身のパンチを放つ。

ひらりとかわし、ルナティックは上空へと飛び立っていく。

「今を受け入れて生きていく」

バーナビーは確かな信念でアンドリューに向かって語りかける。

「それを教えてくれた……踏みとどまらせてくれた人がいた。そのおかげで今の僕がいる」

「とどまるつもりはありません」

「だったら何があっても僕はあなたを止める！」

バーナビーはフェイスガードを閉じ、決意の構えを見せた。

アンドリューは冷淡な口調で答える。

「残念です」


宙に浮いていたルナティックは青い炎を発しながら自らの体勢を制御し、近くのビルの屋上へと降り立つ。

ワイルドタイガーも負けじと同じビルの屋上の手摺《てすり》にワイヤーを放ち、ルナティックへと接近する。

「どうやら貴様を買いかぶり過ぎていたようだ」

「人を殺さなきゃいけない正義なんざ、こっちから願い下げなんだよ」

「……よかろう。ならば貴様の腑抜けた正義、今ここで悪と共に覆滅するまで」

ルナティックは両目から青い炎を迸《ほとばし》らせ、ワイルドタイガーに対してボウガンを構える。

ボウガンの矢の先端を包む青の業火。

アンドリューはNEXT能力を発動した。

すると付近一帯に転がっていた機械のガラクタや破片の数々が舞い上がり、アンドリューの身体に次々と張りついていった。やがて全身を包み込む巨大な鉄の塊へと変貌《へんぼう》していく。

「いい能力だな。だが俺の敵じゃねぇ！　せーの！」

感心したように告げると、ライアンは地面に両手をつく。

「どど～～～～～ん」

ライアンのNEXT能力によって付近に重力場が発生。アンドリューを包み込んでいた鉄の塊重力によって全て地面にへばり付き、動かぬ鉄くずと化す。

が、アンドリューは重力場の中で動きを封じられたままNEXT能力を発動し続ける。

するとライアンの背後に散らばっていた機械の破片の数々がアンドリューの身体に引きつけられるように飛来してくる。

その軌道上には、能力を発動し続けたままのライアンが動けずにいる。

ここで地面から両手を離せば、重力場が解除されてしまう。

「バーナビー！」

ライアンの叫びに応じ、バーナビーは飛来してくる破片の数々を得意のキックで次々と弾いていく。

『攻めるライアン、守るバーナビー。ここでもコンビプレーが光る！』

その時だった。現場を空撮していたヘリがアンドリューの能力に捉まって制御不能となり、アンドリューに引きつけられるように急速に落下してくる。

ヘリのカメラクルーは非常事態に焦り、パラシュートで機外へと脱出。ヘリはそのままアンドリューへと飛来していく。

が、その軌道上には柱に磔《はりつけ》にされていたシュナイダーがいる。

「うわあああああ」

バーナビーは瞬時にシュナイダーのもとへと駆けつけ、柱ごとシュナイダーを軌道上から避難させる。

ライアンは能力を発動し、動けないままバーナビーの活躍を眺めている。

「あいつ……おいしいところ持っていきやがって……」

するとライアンを覆う巨大な影。

ライアンが後方上空を振り向くと、なんと巨大な鉄の塊が、アンドリューの身体に引きつけられるように飛んでくる。

軌道上にいたライアン。このままでは衝突し、ひとたまりもない。

「おい……ちょっと待……」

街頭ビジョンの画面が突然ブラックアウトした。

街中で中継を見ていた市民たちが「おいなんだ?」「故障か?」と戸惑っている。

アニエスもまた、スイッチングルームのモニターに映っていた映像が突然真っ黒になり、慌ててケインに怒号を飛ばす。

「どうしたの!?」

「あ、いえ、カメラを載せたヘリが……」

「え！」

先ほど、現場を空撮していたヘリがアンドリューの身体とドッキングし、中継していたカメラとの回線が切れてしまったのだ。


アンドリューに引きつけられるように飛来した巨大な鉄の塊が軌道上にいたライアンと衝突。ライアンは強烈な衝撃を全身に浴び、倒れてしまう。

その拍子にライアンのマスクが脱げ、近くを転がっていく。

シュナイダーが磔になっていた柱を支えたままのバーナビーが叫ぶ。

「ライアン！」

ライアンはぴくりとも動かず、重力場が解除される。

解き放たれたアンドリューが叫ぶ。

「さぁ、そこをどけバーナビー！」

アンドリューは周囲のガラクタを全て集結し、数十メートルにもなる超巨大な蟹を模した鉄の物体へと変貌。

前代未聞の巨大な物体を前にし、バーナビーは追い詰められた。

ワイルドタイガーとルナティックはビルとビルの間を飛び回りながら、激しい空中戦を繰り広げていた。

が、ワイヤーを駆使しなければ軌道を変えられないワイルドタイガーに対し、ルナティックは青い炎を駆動力にし、空中で自在に軌道を変化させる。

やがてルナティックは背後から青い炎を放ち、ワイルドタイガーをビルの壁へと弾き飛ばす。そのまま追い討ちをかけるように接近し、ワイルドタイガーのマスクを右手で捉え、壁に押し付ける。

「形骸化した正義では何人《なんぴと》も救えぬ。悪を覆滅する以外、過去の呪縛《じゅばく》からは逃れられん」

「てめえにアイツの何が分かるってんだよ！」

ワイルドタイガーは押さえつけられたまま渾身のパンチを繰り出す。

パンチをかわし、ルナティックは近くのビルへと飛んでいく。

ワイルドタイガーは壁から剥《は》がれ、地面めがけて落下していく。空中からワイヤーを発射してビルの手摺に固定し、ワイヤーを駆使してルナティックを追う。


スイッチングルーム内に、アニエスの叫び声が響き渡る。

「復旧まだなの!?」

「今出ます！」

ケインは懸命にキーボードを操作し、別のカメラが捉える映像をモニターに映し出す。

ヒーローTVの画面が復旧し、バーナビーと対峙している超巨大な蟹を模した鉄の塊が現れる。

八本の足で巨体を支える異様な物体に気付いたマリオは思わず呻く。

『ん……これは⁉』

そこには巨大な蟹のような物体と化したアンドリューが、融合させたガトリングガンをバーナビーに向けて乱射する様が映し出されている。

バーナビーは弾幕をよけながら巨大なアンドリューの足元へと接近すると、巨体を支える足に次々とキックを放つ。

「本当はあなただって分かってるんじゃないですか⁉」

が、その隙にアンドリューの別の足に装着されたドリルがバーナビーに襲いかかる。

ドリル攻撃をもろに受け、吹き飛ばされるバーナビー。

さらに畳みかけるように別の足に装着された巨大なハンマーがバーナビーめがけて振り下ろされる。

叩き潰されるぎりぎりのところで、バーナビーは横に飛んでかわす。

休む暇もなくアンドリューは融合したプラズマ兵器をバーナビーめがけて放つ。

バーナビーは波状攻撃を死に物狂いでかわしていく。

「こんなことをしても何の解決にもならないと！」

「黙れ！」

アンドリューが振り下ろした鋏状《はさみ》のアームを、バーナビーが全身で受け止める。バーナビーの足が地面にじりじりとめり込んでいくほどの凄《すさ》まじいパワーだ。

「復讐を遂げたとしても、あなたの父親は帰ってこない。それが現実なんです！」

本当は分かっていた。

分かっていたのに、アンドリューは現実から目を背け、見ない振りをしていた。

愛する父を奪われ、彼の心は枯れ果てた。

一人で生きていくことの意味を見出せずにいた。

その渇いた心を満たしてくれるのは、奪いし者への憎しみしかなかった。

憎しみの炎が彼の心を焚《た》き付け、熱き血となって全身を駆け巡る。その時だけ彼は生きていることを実感できたのだ。

もしこの心の渇きを満たす何かがあるのなら……。

そんなものが本当にあるのなら……。

教えてほしい……。


ワイルドタイガーはワイヤーを駆使しながら、ビルとビルの間を飛行していくルナティックを猛スピードで追っている。ルナティックが青い炎を纏わせて次々と発射するボウガンの矢をかわしながらもルナティックを追いつめていく。

その時、ワイルドタイガーの眼前に、赤い風船が出現する。

何事かと思い、反射的に手に取って周囲を見ると、近くの側道に風船を手放してしまって泣いている少年とその母親の姿が。

ワイヤーを伸ばして地面すれすれまで高度を下げると、ターザンのように親子連れに急接近し、少年に赤い風船を手渡した。

そのままの勢いでルナティックを追い、上空へと高度を上げる。

次の瞬間、ルナティックが背後から迫り、ワイルドタイガーの顔面を鷲掴みにする。

その衝撃でワイヤーが切れ、ワイルドタイガーとルナティックは空中に投げ出される。

「貴様の掲げる正義など所詮上辺の正義。真の悪を看過するだけだ。そんなヒーローなど何人《なんぴと》も欲していない」

二人は速度を上げながら三階層からなるシュテルンビルトの街並みを急降下していく。

「俺は誰かに必要とされたくてヒーローやってんじゃねぇんだよ」

「ヒーローなどと気取りながら悪を裁かぬ貴様に何が出来る？」

「俺はただ、助けを求めてる人がいたら手を差し伸べる。それだけだ！」

そう叫び、ルナティックの腕を摑んで力ずくで顔面から離すと、上空へと放り投げる。

ルナティックはそのまま上空を飛んでいた飛行船の広告用ビジョンに激突。ボウガンがルナティックの手から離れ、ブロンズステージまで落下していく。


「でやぁぁぁぁ！」

バーナビーはアンドリューの巨体に空中から強烈なキックを炸裂させた。

しかし頑丈なアンドリューの身体はびくともしない。

息つく暇もなく、アンドリューの身体の上に乗っていたバーナビーに、チェーンソーカッターや火炎放射器など多種多様な武器が次々と襲いかかる。

俊敏な動きでかわすバーナビーだが、鋏状のアームが背後から襲いかかり、直撃。地面へと吹き飛ばされてしまう。

「……いい加減にしろ」と、アンドリューが苛立つ。

バーナビーは飽くなき精神で飛び出し、一本の足にキックを炸裂させる。

「はぁぁぁぁ！」

するとバーナビーの死角からアームが接近し、先端の火炎放射器から大量の炎が放たれる。

炎を全身に浴び、バーナビーが吹き飛んでいく。

「ぐはっ！」

まさに死闘と呼ぶに相応《ふさわ》しい過酷な戦いに、マリオは茫然とするばかり。

『……申し訳ありません……あまりの状況に言葉が出てきません』

飛行船の上にいたルナティックは全身のダメージに耐えながらも、獲物を捕らえるべくその場を離れようとしていた。

そんなルナティックの足を、腹ばいになったワイルドタイガーが摑んで行かせない。

ワイヤーによって飛行船上にいたルナティックのもとに背後から接近していたのだ。

「行かせねぇぞ……絶対に……行かせねぇ……絶対に……」

バーナビーは火炎放射を全身に浴びた致命的なダメージによって、地面に倒れたまま動けずにいた。

「うう……」

アンドリューは鋏状のアームでバーナビーを掴み上げる。

「もう終わりにしましょう。バーナビーさん」

さらにもう一方の鋏状のアームで柱に磔にされていたシュナイダーを掴みあげる。

「ひぃぃぃぃぃぃ」

シュナイダーはそのままアンドリューの巨大な鉄の体内へと引き寄せられる。

「うわぁぁぁぁぁぁ」


飛行船上では、依然としてルナティックの足を掴んで放さないワイルドタイガーの姿があった。

ルナティックは感じる。

今、自分の足を掴んでいるのは、たとえ地獄の底だろうと食らいついてくるどこまでも諦めの悪い男だ。

そこまでして彼に守りたいものがあるならば。

そこまでして彼に諦められないものがあるならば。

その意志は、何をなし得るのか？

「ならば」

ルナティックはしがみつくワイルドタイガーを振り払い、飛行船の外へと突き飛ばす。

「がっ……」

そのままワイルドタイガーは遥か上空から地面に向かって落下していく。

ルナティックは飛行船の上からその様を睥睨し、宣告する。

「見届けてやろう。貴様が敗北を甘受する様を」

アンドリューの体内に引き寄せられていたシュナイダーは、次々と寄せ集められてくる鉄のガラクタや破片によって覆われて姿が見えなくなっていく。

「待ってくれよ！　おい！　バーナビー！」

やがてシュナイダーの身体は完全にアンドリューの体内へと取り込まれてしまう。

アンドリューは万感の思いで告げる。

「……これでようやく全てが無に還る」

バーナビーは体力の消耗が限界に達しつつも、歯を食いしばって鋏状のアームから抜け出そうとする。

その時だった。

「おわぁぁぁぁぁぁぁぁぁ」

はるか上空からワイルドタイガーが落下してきた。ワイヤーを無作為に発射し、なんとか港の鉄塔に固定し、落下速度を緩める。

が、固定したはずのワイヤーがすぐに外れてしまい、そのままアンドリューの身体の上へと落下。

「虎徹さん？」と、バーナビーが驚く。

「バニー？　ってことは……」

ワイルドタイガーの背後から、アンドリューのガトリングガンと高圧放水器が迫る。

「邪魔だ！」

一斉にワイルドタイガーめがけて二つの武器を放つ。

「おわぁっ！」

ワイルドタイガーは必死でかわすが、続けざまにプラズマ銃によって狙い撃ちされ、吹き飛ばされる。そこへ畳みかけるように放水攻撃を受け、地面へと投げ出されてしまう。

「どわぁぁぁぁぁぁ」

その隙にバーナビーは全身に力を込める。

ワイルドタイガーへの攻撃に意識がいっていたからか、アームの圧力が緩んでいる。

「……だぁっ！」

バーナビーは気力でアームから脱出し、ワイルドタイガーが倒れていた地面へと着地。すかさずワイルドタイガーに声をかける。

「何してるんですかあなたは。助けにでも来たつもりですか？」

「あ、え、まぁ」

「一人じゃ無理ですよ」

「だったら手伝え！」

アンドリューが二人のもとへとじわじわと迫る。

気付いた二人は立ち上がると、肩を並べてアンドリューと正対する。

「言われなくてもそのつもりです」

『ああっと、ワイルドタイガーとバーナビーが……』

市内各地で生放送を心配そうに見つめる人たちがいる。

街頭ビジョンを見つめる楓、安寿、村正と施設の園長や子供たち。

アポロンメディア社内のテレビで見つめるベン、ロイズ、斎藤さん。

スイッチングルームでモニターを見つめるアニエス、ケイン、メアリー。


次の瞬間、ワイルドタイガーとバーナビーが同時に駆け出す。

ワイルドタイガーは両手のワイヤーを同時に発射し、左右二本の鋏状のアームに固定させると、そのままアンドリューの身体の上へと飛び乗った。二本のアームを縛りつけるように力を込める。

「っだぁぁぁぁぁ」

その隙にバーナビーは足元へ忍び込み、八本の足に次々とキックを叩き込んでいく。

全ての足にダメージを負い、バランスを崩した蟹形の本体が地面に崩れ落ちる。

同時に、ワイルドタイガーは身体の上から地面へと飛び下りる。

続けざまに、八本の足に装着された巨大ハンマーや巨大ドリルが次々とワイルドタイガーに襲いかかる。

「おわっ！　どわぁぁぁぁぁ！　っだ！」

と、足の射程圏外にいたバーナビーのもとへと駆け寄り、呆れ返る。

「足癖悪い奴だなぁ」

「何度かアタックするしかないですよ」

ワイルドタイガーは決意し、アンドリューに接近。

ワイヤーを一方の足に向けて発射して固定すると、動かないように引き留めた。

ところが別の足に装着していた巨大なチェーンソーカッターによって、ワイヤーが切られてしまう。

ワイヤーの張力を失い、ワイルドタイガーは後方へと仰け反る。追い討ちをかけるように高圧放水攻撃が襲いかかる。

「だぁっ!」と、ワイルドタイガーは後方に飛び退く。

「虎徹さん!」

今度はバーナビーに向かってガトリングガンが乱射される。弾幕をかわしながらアンドリューに接近し、ハイキックを放とうとする。

「でやぁ!」

が、横から巨大ドリルが襲いかかり、今度はバーナビーが吹き飛ばされる。

「ぐわっ!」

なんとか体勢を立て直し、反撃に出ようとするが、間髪容れずに鋏状のアームが振り下ろされる。

全身で受け止め、耐えるバーナビー。なかなか思うように攻撃ができない。

そこへもう一方のアームがバーナビーめがけて襲いかかろうとする。

しかしワイルドタイガーがワイヤーを発射してアームを縛りつけ、そうはさせない。そのままワイヤーを巻き戻して接近し、その勢いでアームに向かってパンチを繰り出す。

「っだぁぁぁぁぁぁ」

しかしアームを破壊するには至らず、逆に弾き飛ばされてしまう。

「っだ！」

その勢いで着地すると、畳みかけるようにアームが振り下ろされる。

「虎徹さん！」

なんとか全身で受け止めて耐えるワイルドタイガー。

「っだぁぁぁ！……バニー、能力は？」

「まだ回復が……」

「っだ……仕方ねぇか」

するとアンドリューが別れの言葉を告げる。

「さよなら」

と、体内から巨大ドリルが装着されたアームが姿を現し、高速回転しながら二人に迫る。

振り下ろされたアームの重圧を支えるのに精一杯で二人とも身動きが取れない。

もはや打つ手なしか。

そう思った時だった。

なんと二人の前にロックバイソンが現れ、巨大ドリルを全身で受け止めた。ＮＥＸＴ能力を発動し、全身を硬くすると、全身の力で巨大ドリルを潰す。

「バカな……」と、アンドリューが動揺する。

そこへ大手裏剣の上に乗った折紙サイクロンが上空から飛んでくる。

「たぁぁぁぁ！」

そのまま大手裏剣を飛ばすと、アンドリューの足を二本切り裂いた。

畳みかけるように上空からドラゴンキッドが現れる。

「サァァァァ！」、
振り上げた棍棒をアンドリューの体内に突き刺し、最大級の電撃を放つ。

電撃に耐えつつも、アンドリューが怒り狂う。

「邪魔をするなぁ！」

そこへファイヤーエンブレムが現れ、投げキッスすると、超弩級の炎の波を発生させる。

「ファイヤー！」

「ぬあああああ！」

アンドリューが業火に包み込まれ、耐え切れず声を上げる。全身から無数のロケットランチャーを出し、全方位にロケットを発射させる。

そこへ上空彼方《かなた》からスカイハイが飛んでくる。

強力な竜巻を発生させ、飛んでくるロケットの軌道を反転させてアンドリュー自身にロケットの弾幕を浴びせる。

強力な衝撃に悶絶するアンドリュー。怒りに任せて鋏状のアームを振り上げる。

が、その瞬間、アームが凍りつく。

氷の波に乗って飛んできたブルーローズがリキッドガンを乱射していた。

「大人しくしてもらうわよ！」

ブルーローズの氷の力によって、アンドリューの八本の足を全て凍りつかせて、機動力を完全に奪った。

『ああっと！　ヒーローが集結しましたぁ！』

街頭ビジョンで見ていた大勢の市民が全ヒーロー集結に沸く。

「貴様らぁ！」

アンドリューは機動力を奪われながらも体内からチェーンソーが装着されたアームを出し、折紙サイクロンに襲いかかる。

大手裏剣で受け止め、なんとか耐える折紙サイクロン。

ワイルドタイガーがバーナビーの能力再発動時間を待ち切れずに叫ぶ。

「バニー、まだか⁉」

しかしバーナビーのマスク内映像には『NO　HUNDRED　POWER』と表示されている。

この表示が『CLEAR　HUNDRED　POWER』に変わらなければ、バーナビーはNEXT能力を再発動できない。

業火を発し続けながら叫ぶファイヤーエンブレム。

「ハンサム！」

チェーンソーに耐えながら叫ぶ折紙サイクロン。

「バーナビーさん！」

電撃を発し続けながら叫ぶドラゴンキッド。

「早く！」

風による波状攻撃を続けながら叫ぶスカイハイ。

「ワイルド君！」

リキッドガンを撃ち続けているブルーローズ。

「タイガー！」

巨大ドリルを受け止め続けているロックバイソン。

「おいぃぃぃぃ！」

皆、いつまで耐えられるか分からない。

一刻を争う事態だ。ワイルドタイガーが再びバーナビーに叫ぶ。

「まだか⁉」

しかしバーナビーのマスク内映像には『NO HUNDRED POWER』の表示。

依然としてバーナビーは能力を再発動できない。何もできず、思わず唸る。

「ううう……」

その時、アンドリューが死力を振り絞り、周囲にいたヒーローたちを全員吹き飛ばす。

「ぬう！」

地面に叩きつけられるファイヤーエンブレム、折紙サイクロン、ドラゴンキッド、スカイハイ、ブルーローズ、ロックバイソン。

ヒーローTVを見ていた街中の人々が言葉を失う。

アンドリューは気力でワイルドタイガーとバーナビーに近づくと、二本の鋏状のアームを振り上げる。

その時だった。

倒れていた一人の男がふと目を覚ました。

不確かな彼の視界に、ワイルドタイガーとバーナビーの危機的状況が映る。

身体が激痛で悲鳴を上げ、脳の判断力が低下している。

しかし躊躇《ちゅうちょ》している暇などなかった。

全身全霊の力を込めて身体を起こすと、両手の拳を地面に突きつける。

「どどど～～～～ん」

ライアンは最後の力を振り絞り、NEXT能力を発動。前方に重力場を発生させ、アンドリューの巨体を捉えた。

強力な重力に引き寄せられ、堪らずアンドリューは地面に押さえつけられる。

相手がどんな強大な者であろうと、自分より頭が高いことを許さない。

それがライアンのポリシーだ。

たとえ致命的ダメージを負わされ、自分が地面に這いつくばることになろうとも、二つの腕を地面に突きさえすればいい。

最後に相手を見下ろすのは、彼だ。

「……俺のブーツに……キスをしな！」

『ここで重力王子だぁぁ！』と、マリオが絶叫。

ライアン復活に街中の人々が盛大な歓声を上げる。

その時だった。

バーナビーのマスク内映像に『ＣＬＥＡＲ　ＨＵＮＤＲＥＤ　ＰＯＷＥＲ』と表示された。

「虎徹さん！」

「うおっしゃ、行くぞ！」

「はい！」

満を持して二人は同時にハンドレッドパワーを発動した。

互いのスーツが緑と赤に発光し、力が漲《みなぎ》る。

ライアンがＮＥＸＴ能力を解除し、最後のトドメを二人に任せる。

「頼んだぜ！」

重力場から解放されたアンドリューが二本の鋏状のアームでワイルドタイガーとバーナビーに襲いかかる。

が、ワイルドタイガーのパンチと、バーナビーのキックでアームを打ち返す。

強力なパワーでちぎれ、後方に吹き飛ぶ二本のアーム。

ワイルドタイガーとバーナビーは同時にジャンプすると、アンドリューの周囲を目にも留まらぬ速さで縦横無尽に駆け回り、アンドリューの武器に攻撃を加えていく。

砕けるドリル。砕けるチェーンソーカッター。砕けるハンマー。砕けるガトリングガン。砕ける火炎放射器。砕ける高圧放水器。砕けるプラズマ銃。砕けるロケットランチャー。

バーナビーが上空に飛び上がると、アンドリューの本体めがけ、流星のように鋭いキックを放つ。

バーナビーは巨体を貫通すると、体内に取り込まれていたシュナイダーを救出し、地面に降り立つ。

畳みかけるようにワイルドタイガーが飛び上がると、バーナビーのキックによって穴が空いた胴体に飛び込み、内部から身体中に連続パンチを放ち、破壊していく。

ワイルドタイガーが反対側の穴から抜け出ると、アンドリューは動力を失い、胴体が地面に崩れ落ちる。

その時、ワイルドタイガーのマスクに、内蔵された女性アナウンスの音声が聞こえる。

『能力終了十秒前』

「バニー！」

「分かってますよ！」

グッドラックモードを起動し、右腕を巨大化させるワイルドタイガー。

「うおりゃああああああ」

同様にグッドラックモードを起動し、右足を巨大化させるバーナビー。

「ハァァァァァァァァァ」

アンドリューの胴体を挟み撃ちするように、ワイルドタイガーのパンチとバーナビーのキックが見事に炸裂！

『ＴＩＧＥＲ＆ＢＵＮＮＹ　ＯＶＥＲ＆ＯＵＴ』

アンドリューの巨体が粉砕され、細かな機械のガラクタや破片となって、四方八方に飛び散っていく。

崩壊した巨体の中心部から姿を現し、宙を舞うアンドリュー。

意識を失った彼の目には一粒の涙が浮かび上がっていた──。

ヒーローたちは一丸となり、誰もが死力を尽くして戦った。

しかし彼らが真の意味で戦っていた相手はおそらくアンドリューという一人の男ではない。

彼を苦しめ、ここまで暴走させるに至った哀しき運命だ。

それは時に人々の想像を超越した存在となって襲いかかる。

悲劇が悲劇を生み、やがて憎しみの連鎖が巨大なうねりとなって、アンドリューの心を飲み込んだ。

ヒーローたちによってシュテルンビルトの平和は守られたが、アンドリューの本当の戦いはこれからに違いない。

熾烈な戦いの中で、様々なヒーローたちの想いが交錯した。

普段は自分が所属する企業の利益を考え、他社のライバルと競い合うのがシュテルンビルトのヒーローたちだ。

彗星《すいせい》の如く現れたゴールデンライアンは他のヒーローのことなど眼中にもなかった。

ワイルドタイガーとバーナビーは理想と現実の間で揺れ、一度はコンビの関係が断絶した。

そして死力を尽くした戦いの末、ヒーローたちは皆、街の平和を守るために最後の決戦の地に集結し、力を合わせて最大の敵を打ち倒すことができた。

どのような環境で育ち、どのような社会的制約を受け、どのような思想を抱こうとも、ヒーローという道を選ぶ者たちに共通していることがある。

あらゆる土地や人種の違いで紛争が起ころうとも、彼らが浴びる太陽の輝きが同じであるように、全てのヒーローに共通する絶対的なもの。

平和を願う気持ち。

それが命を賭けて戦うヒーローの原動力であり、命を賭けるだけの価値があるかけがえのない心なのである。

Epilogue

The sun shines upon all alike.

太陽は万人を平等に照らす

シュテルンビルトの長い夜は明け、対岸から輝く朝日が昇り始める。


楓は一人、息を切らせながら街中の階段を駆け下りていた。

階段を下りきると、立ち止まって乱れた呼吸を整える。

ふと顔を上げると、空に浮かぶ朝日を背にした雄々しいシルエットが視界に飛び込んできた。

逆光に照らされ、はっきりとは見えない。

が、楓にはそれが誰か分かっていた。

次第に目が慣れ、浮かび上がる彼らの姿。

ドラゴンキッド、ファイヤーエンブレム、折紙サイクロン、スカイハイ、シュナイダーとアンドリューを両脇に抱えるロックバイソン、ブルーローズ、そしてバーナビーの肩を借りて歩くワイルドタイガーだ。

楓は満面の笑みを浮かべて彼らに駆け寄った。

楓の姿に気付いた虎徹がバーナビーから離れ、両手を広げて笑顔で楓を迎えに近寄る。

すると突然、楓は虎徹に背を向ける。

「やめた！」

「へ？」

なんで胸に飛び込んで来ないのかと虎徹は戸惑う。

すると楓はチラリと虎徹を横目で見て、クスッと笑ってみせた。

そんな楓に、虎徹も思わず苦笑いする。

親子の再会を、ヒーローたちは微笑ましく見守る。

バーナビーも思わず口元を緩めている。

するとロックバイソンが口を開く。

「また派手なことやっちまったな」

「僕、今度こそダメかなって思っちゃいました」

折紙サイクロンがそう呟くと、バーナビーが呆れるように告げる。

「そんなこと考えながら戦ってたんですか？」

「え？」

「ほんとネガティブだよね、折紙さんって」と、ドラゴンキッドも同調する。

しかしロックバイソンが彼のフォローに回る。

「いいじゃねぇか。そういうとこも含めてコイツなんだから」

「そうか、それも含めて自分。いいのか、これで。これでいいのか」

スカイハイが一人で妙に納得した意味が分からずに、ファイヤーエンブレムが訊き返す。

「は？　何が？」

「あ、いや……いいんだ」

「変なの」

スカイハイが取り繕うように苦笑いすると、釣られるようにヒーローたち皆が声を上げて笑い出した。

そこへマイクを持ったマリオとカメラマンがヒーローインタビューをしに駆けつける。

「いやぁ〜しびれました、今回の活躍。さすがはヒーローの皆さんです。中でも懐かしのタイガー&バーナビーのコンビプレーが光ってましたねぇ！」

そう告げ、虎徹とバーナビーにマイクを向ける。

「コンビっていうか……なぁ？」

虎徹は戸惑いながらバーナビーに視線を向ける。

「え、ええ……」

マリオはリポーター魂全開でグイグイと二人にマイクを近づける。

「そんな謙遜《けんそん》なさらずに！　息ピッタリでしたよ？　いかがでしょう？　この際トリオ結成なんてのは？」

「え？」と、虎徹とバーナビーは思わず声を揃えた。

「ライアン&バーナビーwithタイガー！　あ、フィーチャリング？」

「しかし……」と、バーナビーが言葉を濁す。

「いや、コンビで復活した方がいい」

突然会話に乱入してきたのは、ライアンだ。

「……え？」

するとライアンはカメラマンにぶしつけに命じる。

「おい。カメラ！」

カメラマンがライアンにビデオカメラを向けると、ライアンは営業スマイルで語り出す。

「ははは、そうなんだよ！　実は最初から俺は分かってたのさ！　こいつらピッタリだって」

「は？」と、虎徹。

「だからお前らがいい感じで活躍できるように……」

ライアンはそう言いかけると、カメラが自分に向いていないことに気付き、

「カメラ～」と、指で自分を中心に映すように促す。

仕方なくカメラマンが再びライアンに画角を合わせると、ライアンは再び営業スマイルで虎徹とバーナビーに対して語り出す。

「この俺様が！　花を持たせてやったんだ。感謝しろよ」

突然のライアンの態度の変化に、虎徹は思わず声を漏らす。

「はあああ⁉」

「いいか！　これはライアン様からのアドバイスだ。こいつの相方は……」

そう言ってライアンはバーナビーを指差すと、

「お前しかいねぇ」

と、虎徹を指し示し、キザにフッと笑ってみせた。

「どうしますか？　お二人さん！」

再びマリオが虎徹とバーナビーにマイクを向けると、バーナビーが戸惑いながら応じる。

「ですが僕達で勝手に決めるわけには……」

そもそも虎徹とバーナビーのコンビが解消されることになった発端は会社の意向だ。

仮に二人がコンビを復活したいと思っていても、会社が首を縦に振らなければ意味がない。

『私が認めるわ！』

突然、スイッチングルームにいたアニエスが通信上でヒーローTVに乱入する。

『ボンジュール皆さん。先ほど私、アニエス・ジュベールはシュナイダーさんに全ての権限を一任されましたの！』

アポロンメディア社内でヒーローTVの中継を見ていたベン、ロイズ、斎藤さんは唖然。

「へ？？？」

それもそのはず、アニエスはあくまでアポロンメディアの子会社であるOBCの一社員にすぎない。その彼女が親会社のヒーロー事業部の人事を決定するなど本来ありえないからだ。

しかしこの時、彼女に対して抗議をしようと考える者は一人としていなかった。

タイガー&バーナビーの復帰が彼ら全員の祈願であったことは言うまでもない。

『まぁ、オーナーがこんな状態ですから……代理として私が二人の復帰を認めます！』

街頭ビジョンでその模様を見ていた市民が大歓声を上げる。

突然の決定に、虎徹が慌てふためく。

「ちょっ、ちょっと待てよ」

「まだ覚悟が決まりませんか？」と、虎徹にマイクを向けるマリオ。

「いや、だってよ……俺はもう前と違うっていうか、能力だって一分しか……」

本人にとっては喜ばしい話に違いない。だが、今の虎徹は二つ返事で引き受ける訳にはいかなかった。

そんな彼の心境を察し、ブルーローズが切なそうに眼を向ける。

「タイガー……」

楓も父親の弱気な発言に不安げだ。

『そんなの関係ないよ！』

突然、少年の声が聞こえ、一同が振り向く。

付近を飛んでいた飛行船のモニターに、街頭でヒーローＴＶを見ていた親子連れが映っている。

それはなんと虎徹がルナティックと激戦を繰り広げていた最中、赤い風船を渡してあげた少年だった。

『ワイルドタイガーはね、僕が困ってるのを助けてくれたんだよ。だからワイルドタイガーはヒーローなんだよ』

少年の言葉に反応するように、虎徹はモニターを黙って見つめる。

するとモニターに映っていた他の市民たちが次々と語り出す。

『そうそう、あんた見てるだけでこっちは元気もらえんだから』

『一分だっていいじゃない』

『ガムシャラなあんたが見たいんだよ』

すると大勢の市民が一斉に歓声を上げる。

『そうだ！　そうだ！』

さらに近くにいた二部ヒーローたちがモニターに映し出され、ボンベマンが語りかける。

『先輩は僕たちの憧れですから』

ワイルドタイガーの復帰を望む思いは人から人へと伝染し、次第にタイガーコールとなって街中を騒がせる。

『タイガー！　タイガー！　タイガー！　タイガー！　タイガー！』

モニターから響き渡るタイガーコールにヒーローたちは皆、万感の思いを抱く。

「やっぱりすごいなタイガーさん。こんなにいっぱいの人、動かしちゃった」

渋る虎徹に痺れを切らしたブルーローズが虎徹の前にやってきて強く促す。

「ほーら！　皆が言ってくれてるんだよ！」

虎徹は戸惑っていた。

もちろんヒーローとして復帰することは虎徹の悲願だ。

しかしコンビで復活するということは自分だけの問題ではない。

パートナーであるバーナビーの意向だって無視できない。

虎徹は隣にいたバーナビーに視線を移し、真意を確認する。

「…………いいのかよ？」

バーナビーはジッと虎徹の眼差しを受け止めると、何事か考え、ふと飛行船のモニターに視線を移した。

そこにはタイガーコールに沸く大勢の市民の姿が映し出されている。

「……この流れじゃ断れませんよ」

それはバーナビーにとって照れ隠しのイエスだった。

心の中ではいつだって戻ってきてほしいと思っていた。

虎徹の背中を追い続けていたいと思っていた。

しかし彼とは長く居過ぎたし、近くに居過ぎた。

今さら本音を口にするのも少々気恥ずかしいものがある。

「ま、いいでしょう。あなたがいると僕が引き立ちますから」

いつもの皮肉交じりのバーナビーの言葉を聞き、虎徹は微笑んだ。

これ以上、男と男が何を語る必要があるのか。

答えはもう出ている。

黙って覚悟を決め、人々の期待に応える。それだけだ。

虎徹はモニターに映る人々に向かって右手を挙げ、サムズアップしてみせた。

バーナビーもまた左手でサムズアップしてみせた。

そしてサムズアップしたまま重なり合う二人の手。

それは二人の男のコンビ復活を意味していた。

街中の人々がこれまでにない大きな歓声を上げる中、マリオが張り裂けんばかりの声でその日のヒーローTVの記念すべきエンディングを締めくくる。

『今ここにタイガー＆バーナビーが復活だぁぁぁ！』


——数日後。

オリエンタルタウンの長閑《のどか》な学校に温かな日の光が差し込んでいた。

教室では、机に向かう大勢の生徒たちの前で中年教師が詩の授業をしている。

窓際の席では、楓が真面目に授業を受けている。

「じゃ次は鏑木」

「はい」

教師に名指しされ、立ち上がる楓。手にした宿題の詩を読み上げる。

「おひさま。鏑木楓」


太陽に照らされるシュテルンビルトの昼下がり。

アンドリュー事件の被害を受けたジャスティスフェスティバルの会場では、ヒーロー一同による荒れた現場の復旧作業が進められていた。

おひさまってね
お空で輝く太陽だけじゃないんだよ

ハンドレッドパワーを発動し、倒れていた蟹の展示用モニュメントを持ち上げているワイルドタイガー。

タッタカ走る虎だって

ワイルドタイガーが持ち上げた蟹のモニュメントを水平に立て直し、地面に置いているバーナビー。

ピョンピョン跳ねる兎だって
氷の能力で滑り台を作り、会場の瓦礫を滑らせて撤去作業をしているブルーローズ。

キラキラ輝く氷だって
空を飛び、瓦礫を運んでいるスカイハイ。

ビュービュー吹いてる風だって
突然、瓦礫の山が崩れ、近くにいた消防隊員たちが下敷きになりかけて焦り出す。
すると近くにいたファイヤーエンブレムが炎の柱を放って瓦礫を吹き飛ばし、消防隊員たちを守る。

メラメラ燃える炎だって
巨大な瓦礫を持ち上げるロックバイソン。
その隙に下に埋まっていた物を点検している水道局の作業員。

モオモオ叫ぶ牛だって

細かい瓦礫の欠片《かけら》を掃除しているボランティアの親子連れたち。
すると一人の母親が発光し、折紙サイクロンへと姿を変える。
折紙サイクロンの擬態のパフォーマンスを見て、笑う子供たち。

ドロンと変わる影だって

切れた電気ケーブルに向かって電撃を放ち、電撃の形を操って電線を繋いでみようと試みるドラゴンキッド。
しかしうまくいかず、仕方なく素手で電気ケーブルを繋ぎ合わせる。

ピカピカ光る雷だって

巨大なコンクリートの塊を持ち上げようとしているワイルドタイガーとバーナビー。
が、あまりの重さに二人では持ち上げられない。

皆それぞれ違うけど

皆がおひさま燃やしてる
時には悲しくて、苦しくて、沈んじゃったりするけれど

ワイルドタイガーとバーナビーの手助けをするために駆け寄ってくるブルーローズ、ロックバイソン、スカイハイ、ファイヤーエンブレム、ドラゴンキッド、折紙サイクロン。
八人で力を合わせて巨大なコンクリートの塊を持ち上げる。

いつかは必ず、皆のおひさま昇るんだ
沈むたんびにおひさま昇る
どんな時でもおひさま昇る
今日も明日もおひさま昇る

八人で力を合わせ、巨大なコンクリートの塊が持ち上がって――。

◇

その後、ヒーローたちは平和な日々の中、思い思いの生活を送っていた。
バーナビーは、施設で過ごす子供たちを訪れ、女神の伝説の絵本を読み聞かせていた。

子供たちは皆、大人気ヒーローの読み聞かせに感激し、真剣に聞き入っている。

犯罪者の確保や災害時の市民救助だけがヒーローの役割ではない。

少しでも困っている人や淋《さび》しい思いをしている人の傍にいてあげること。

それで少しでも彼らが笑顔になるのであれば、そうしてあげたい。

バーナビーはそんなヒーローになろうとしていた。


ブルーローズとドラゴンキッドは、雪が舞い落ちる夜のシュテルンビルトの街にいた。

なぜかドラゴンキッドに青い林檎《りんご》をそっと手渡すブルーローズ。

見つめ合う二人。

それはスタジオ内のセットでのドラマ撮影の一幕だった。

数台のカメラが二人を撮影する中、監督からＯＫの声が上がる。

ドラマの重要な場面を演じきり、嬉しそうに微笑むブルーローズ。

初めてのドラマ撮影に緊張して硬くなり、挙動不審になっているドラゴンキッド。

男性ファンから熱狂的な支持を受けていたブルーローズとドラゴンキッドは、ヒーローＴＶ以外での活躍を希望するファンの声が多かった。

応援してくれるファンの気持ちに応えたい。

少しでもみんなが笑顔になってくれるなら、ちょっぴり苦手なお芝居もやりがいのある仕事に変わる。

ブルーローズとドラゴンキッドはそんなヒーローになろうとしていた。

ネイサンは、オーナー業の休憩のひと時にお茶しながらＰＣを眺めていた。

モニターに映るのは、学生時代の自分が映っているホームビデオ。

若かりしネイサンや同級生たちが整列写真を撮ろうとしている。

男子学生たちに囲まれ、モジモジしている昔の自分を見つめ、懐かしげに微笑むネイサン。

ヒーローとして全ての人を愛し、守り続けていくためにも、彼がやっておきたかったこと。

それは自分を愛することだ。

自分を愛せない人間が誰かを愛することなんてできない。

自分自身に心から愛を注ぎ、そして自分以外の人たちに心から愛を注ぐ。

ネイサンはそんなヒーローになろうとしていた。


アントニオは、バーのカウンターで酒を傾けていた。

何やらゴソゴソと一人で奇妙に身振り手振りをしている。

他の誰のものでもない自分なりの新しいポーズを模索していたのだ。

人気が低迷しているからといって焦り、他人の真似なんてしていたらロックバイソンの名が廃る。

多少、華がなくたって構わない。

自分の持ち味を知り、堂々と我が道を行く。

アントニオはそんなヒーローになろうとしていた。

イワンは、茶室の畳の上で正座していた。
目の前の茶碗《ちゃわん》を手に取り、ゆっくりと作法に則って茶を飲む。
ネガティブだと他人に言われてしまうのは、自分の心の乱れが原因だ。
身体は鍛えれば強くなれる。
しかし心だって鍛えれば強くなれるのだ。
決められた作法を正しく繰り返すことで、正面から自分の心と向き合い、調和する。
そして常に平常心を保ち、人から頼りにされる存在になる。
イワンはそんなヒーローになろうとしていた。

キースは、愛犬のジョンと街中を散歩していた。
ふとペットショップの前を通りかかり、ショーウィンドウに目が留まる。
ガラスケースの中には、ジョンに似た可愛らしい仔犬《こいぬ》が寝そべっている。
キースの視線に気付くと、仔犬は嬉しそうに尻尾を振った。
思わず見惚れるキース。
動物たちから与えられる素晴らしい愛情。
どうすればこの感動を周りに伝えられるか、じゃない。
自分が抱いた感動を自分の言葉でストレートに伝えることに意味があるんだ。
時には寄り道して、何気ない周囲の光景に目を向けて、発見した小さな幸せを伝える。
キースはそんなヒーローになろうとしていた。

ケインとメアリーは、スイッチングルームでヒーローTVの残務作業をしていた。

ケインは懐から人気ミュージカルのチケットを二枚取り出すと、メアリーにスッと差し出した。

それはケインが心の中で密かに育んできた想いの証《あかし》だった。

その内の何パーセントかは、あるいは祭りの後の一人よがりかもしれない。

シュテルンビルトを震撼《しんかん》させた大事件を無事に乗り越えて、気分が高揚していたことを否定するつもりはない。

だが、アニエスという手強い上司の下で共に歩んできた仲間のメアリーに対し、特別な感情を抱いていたことも否定するつもりはない。

まずはプライベートなメアリーを知りたい。ケインはそんな軽い気持ちだった。

が、メアリーはまるで今日の天気の感想を告げるような軽い口調で誘いを断り、読書を始めた。

本のタイトルは『ＭＯＮＥＹ　ＧＡＭＥ』。

はたしてメアリーはミュージカルという芸術に興味がなかったのか？

それともケインという男に興味がなかったのか？

無表情に読書する彼女の眼差しからは真実は読み取れない。

ただ一つ言えることは、ケインの体当たりのアプローチが見事に玉砕したということだ。

後日、人気ミュージカルの会場に、ケインとケインの母親が出没したらしいということが、社内で都市伝説のように囁かれていた。

アニエスは、ＯＢＣヒーローＴＶ制作部でデスクワークをしていた。

一心不乱にＰＣのキーボードを叩く。

彼女が作っていたのは、ワイルドタイガーを売り込むためのヒーローＴＶ企画案だ。

画面には『工事車両軍団　ＶＳ　ワイルドタイガー』の文字。

ヒーローと猛獣を戦わせようとしていたシュナイダーの企画に着想を得て、アニエスなりにどうにかアレンジできないものかと考えていた。重機や大型トラックなど色々試行錯誤してみたものの、いまいちしっくりこない。

ふと手元にあった別の企画書を見つめる。

そこにはワイルドタイガーの宣材写真と『ＨＥＬＬＯ　ＡＧＡＩＮ　ＷＩＬＤ　ＴＩＧＥＲ』というメッセージが添えられていた。

世話の焼けるヒーローだと思いつつも、思わず口元を緩めるアニエス。

彼女は今後彼をどうプロデュースしていくかを考えることに密かな生き甲斐を感じていた。


マリオは、夜の街中で道行く人々に街頭インタビューしていた。

ヒーローＴＶの新企画で『もし極悪犯に誘拐されたとしたら、どのヒーローに助けてほしいか？』という街角アンケートを取っていたのだ。

番組制作サイドの大方の予想では、新たに復帰を果たしたワイルドタイガーとバーナビーに票が集まるのではないかと考えていた。そしてそれは彼らの復帰を華々しく飾るために企画を発案したアニエスの狙いでもあった。

ところがそのインタビューで意外な結果が出たことで、マリオは一人心温まっていた。いつもはポイントランキングに差が開く各社ヒーローがその時に限って、なんと横一線に票が割れたのだ。アンドリュー事件での皆の活躍が市民の心を捉えていたことがマリオは嬉しかった。

結局、番組としては面白味に欠けるインタビューになり企画倒れ。マリオの骨折り損になってしまったことだけが小さな悲劇だった。

一方その近くでは、二部ヒーローのボンベマン、チョップマン、スモウサンダー、Ms.バイオレットが懐中電灯を照らしながらパトロールしていた。

二部ヒーローとして少しでも街の平和に貢献するための彼らなりの努力だった。

そこへ警察のパトカーが通りかかり、皆、反射的に敬礼する。

街の治安を守っているのはヒーローだけではない。

ヒーローが確保した犯罪者たちの身柄は警察に委ねられ、然《しか》るべき措置が採られる。

この街の平和のために働く全ての人たちへの敬意を忘れない。そんな彼ら二部ヒーローの想いの表れだった。

ユーリは、裁判所で木槌を鳴らしていた。

これまでシュナイダーが犯してきた罪の重さを鑑《かんが》み、禁錮《きんこ》二百五十年の刑に処する判決を下す。

これまでずっと裁判で勝訴し続けてきたシュナイダーが初めて敗訴した瞬間だった。

判決が不服とばかりに、シュナイダーが裁判長のユーリに詰め寄るが、警備員に羽交い締めにされてしまう。

喚《わめ》き散らすシュナイダーを置き去りにしたまま、ユーリは書類を抱えて法廷を後にすると、外の廊下を静かに歩いていく。

次の瞬間、書類を青い炎で焼き焦がし、不敵に微笑んだ。

あの男に『執行猶予』を与える。それがユーリの出した結論だった。

天命が尽きるまで牢獄《ろうごく》の中で苦しみ、己の罪を懺悔《ざんげ》する。

それは単純な死よりも苛酷《かこく》な刑罰になるだろう。

もしそれでもシュナイダーが贖罪《しょくざい》の念を抱かないならば、いつでも彼は『刑を執行する』だろう。

悪の命運を決めるのは悪自身。

ルナティックはただ真実のみを見極め、『判決』を下す月夜の死刑執行人なのである。


マックスは、囚人服姿で刑務所のグラウンドの中にいた。

NEXT能力を発動できないようフェイスガードを装着させられている。

口が思うように開けない中、フェイスガードの小さな空気穴から笛のような音を出す。

その音に呼び寄せられ、三羽の鳥がマックスの周囲を舞う。

囚人たちに拍手され、マックスは微笑んだ。


ジョニーは、刑務所内の談話室で他の囚人たちと共に穏やかな顔で坐禅《ざぜん》を組んでいる。

刑務所という禁欲の空間は、寺の僧侶として半生を送ってきたジョニーにとって、新たな居場所になっていたのかもしれない。

カーシャは、女性刑務所の食堂で他の囚人たちに踊りを教えていた。

アルマイトの皿をチャクラムに見立て、楽しげに踊っている。

踊りを心から愛していた彼女にとっての生き甲斐とは、分身の自分とではなく、他の誰かと一緒に踊りを舞うことだったに違いない。

今、彼女は改めてその喜びを噛《か》み締めている。


アンドリューは、牢獄の中で項垂《うなだ》れていた。

ふと一枚の写真を取り出して見つめる。

そこには今は亡き両親と共に幼いアンドリューの姿が写っている。

バーナビーは言った。

「復讐を遂げたとしても、あなたの父親は帰ってこない。それが現実なんです！」

今の彼の心にはバーナビーの言葉が深く刻まれている。

しかし監獄生活の中で一つだけ、アンドリューは感じることがあった。

シュナイダーへの復讐に囚《とら》われている時には気付かなかったこと。

亡き父のことを忘れず、生きていた頃の父の姿を想い出す度に、自分の心に父は帰ってくるのだ、と。


楓は、オリエンタルタウンで安寿や村正と共に朝の食卓を囲んでいた。

ふと目玉焼きにかける醤油《しょうゆ》を取ろうとしてテーブルに手を伸ばす。

が、ギリギリ届かなかった。

力を込めて手を伸ばそうとすると、突然意図せずにＮＥＸＴ能力が暴発し、手が巨大化して醤油の器を吹き飛ばしてしまう。

驚愕する安寿と村正。

楓は戸惑いながらも指先で醤油の器をそっと摘《つま》んだ。

楓のＮＥＸＴ能力は最後に触れたＮＥＸＴの能力をコピーしてしまう能力だ。

一体どこで誰からこんなＮＥＸＴ能力をコピーしてしまったのか。

パレードの混乱の際に来場者の誰かから伝染したのか、彼女たちは知る由もない。

手が巨大化する能力といえば、《彼》に違いないだろう。


ライアンは、アポロンメディアのヒーロー事業部本部長室にいた。

ベンやロイズ、斎藤さんが応対している。

「海の向こうの大富豪からオファーされてよ。ほら」

そう言って得意げに一枚の契約書を三人に見せるライアン。

そこにはアポロンメディアがライアンと契約した際に支払った額を大幅に上回るギャラが記載されている。

驚いた斎藤さんが誰にも聞き取れない小さな声で叫ぶ。

「……（こんなに）？」

「もうこんなチンケなとこでやってられねえわけ。ってことで、じゃ」

ライアンは契約書をこれ見よがしに振りかざしながら部屋を去っていく。

黙って見送っている中年トリオ。

するとライアンの姿が見えなくなった頃合いを見計らい、ロイズが吐き捨てる。

「悪かったな、チンケな会社で」

と、ベンと斎藤さんに向かって同意を促す。

「ねえ?」

深く頷くベンと斎藤さん。

こうして短い間だったが、シュテルンビルトの街を去ることになったライアン。

が、彼が得たものは少なくなかった。

具体的に何を得たのかと問われれば、今の彼に答えはない。

ただ一つだけ言えることがあるとすれば、ヒーローという職業に携わった自分を今まで以上に誇りに思えるようになったことだ。

あるいは一人の男との出会いが、彼をそうさせたのかもしれない。

ライアンはこれまで、自分以外のヒーローに全く興味を抱いてこなかった。

自分に勝るヒーローは存在しないという自負はもちろんのこと、自分と肩を並べる者すら存在しないと思ってきた。

だが、シュテルンビルトの街で短い時間だがパートナーとして肩を並べ、初めて同列に扱われることを認めてやってもいいヒーローに出会った。

そしてもう一人。認めたくはないが、どうにも理解に苦しむ一人の男に出会った。

自分のパートナーだった男が全幅の信頼を寄せるロートルヒーローだ。

一度は復帰が絶望視されながらも、多くのヒーローやスタッフ、そして大勢の市民たちに望まれ、再びヒーローとして返り咲いた。

ライアンはこれまで絶対的な力で周囲の人々を平伏させて人心を掌握し、自分の意のままの地位や財を築き上げてきた。

だが、その男はライアンとはまるで正反対だ。

力ではない別の何かで多くの人心を摑んでみせた。

世界にはまだまだ面白い奴がいるな、とライアンは肌で感じていた。

次の土地にも自分を飽きさせない巡り会いがあることを密かに願い、この街を去っていくライアンの足取りが少しだけ軽くなっていた。


虎徹は、走行中のダブルチェイサーのサイドカーに黙って座っていた。

ヒーロースーツ姿でフェイスガードを開けている。

運転席には、ヒーロースーツ姿でフェイスガードを開けたバーナビーがダブルチェイサーを操縦している。

空高く太陽が輝くシュテルンビルト。ゴールドステージの道路をダブルチェイサーが悠然と走行している。

道路を走行する他の車の姿はなく、静かな時間が流れている。

虎徹とバーナビーの間に会話はない。
ふと虎徹はバーナビーの方をチラリと見ると、おもむろに口を開く。
「なぁ……たまには俺そっちに」
「駄目です」と、バーナビーが間髪容れずに遮る。
虎徹は無言のままゆっくりと正面に向き直る。
バーナビーはアクセルを強め、ダブルチェイサーの速度を上げる。
二人の間にそれ以上の会話はなかった。
それ以上の会話は要らなかったという方が正しいかもしれない。

彼らは皆、様々な想いを胸に秘め、今日という一日を過ごしている。
ある者はまだ見ぬ未来に胸を膨らませ、ある者は失われた過去を胸にしまい込む。
ある者はその日の成功を喜び、またある者はその日の失敗を悔いているかもしれない。
それでも必ず明日はやってくる。
どんな聖者であろうと、どんな凶悪犯罪者であろうと。平等に、必ず。

太陽が彼らを照らし続けている限り。

虎徹とバーナビー、
2人の交互視点で
描かれる
「-The Beginning-」
ノベライズ 全2巻
好評発売中!!

「『-The Beginning-』をより
深く解読するためのアイテムとして、この
ノベライズは大きな存在意義があります」
——監督:米たにヨシトモ

「劇場版
TIGER & BUNNY
-The Beginning- vol.1」

●「-The Beginning-」のストーリー前半を収録
●巻末企画／監督：米たにヨシトモ　インタビュー

「劇場版
TIGER & BUNNY
-The Beginning- vol.2」

●「-The Beginning-」のストーリー後半から結末まで収録
●巻末企画／脚本・ストーリーディレクター：西田征史×ノベライズ：高橋悠也　対談

「TVシリーズをともに作ってきた
仲間が手掛けるノベライズだから、
大切な世界観が守られています」
——脚本・ストーリーディレクター:西田征史

原作:サンライズ　脚本・ストーリーディレクター:西田征史　ノベライズ:高橋悠也

ノベライズを手がけたのは、「TIGER & BUNNY」TVシリーズの脚本も担当している高橋悠也。劇場本編ではカットされたシーンも掲載しているほか、虎徹とバーナビー、２人の一人称で交互に描かれており、「-The Beginning-」をより深く楽しめる完全小説版です!!

四六判、定価:本体各952円(+税)
全2巻 好評発売中

発行:株式会社KADOKAWA
編集:角川書店

劇場版《げきじょうばん》
TIGER《タイガー》 &《アンド》 BUNNY《バニー》 -The《ザ》 Rising《ライジング》-

2014年3月15日初版発行

原作　サンライズ
脚本・ストーリーディレクター　西田征史
ノベライズ　高橋悠也

カバー版権イラスト描き下ろし
作画　西田亜沙子
仕上　伊藤貴子
フィニッシュ　永井留美子

Designer　清水嘉子、吉田明加（designCREST）

発行者　山下直久

発行所　株式会社KADOKAWA
〒102-8177
東京都千代田区富士見2-13-3
03-3238-8521（営業）
http://www.kadokawa.co.jp/

編集　角川書店
〒102-8078
東京都千代田区富士見1-8-19
03-3238-8567（編集部）

印刷・製本　大日本印刷株式会社

ISBN978-4-04-110707-2
C0076

MAIN STAFF

企画・原作：サンライズ
監督：米たにヨシトモ
脚本・ストーリーディレクター：西田征史
キャラクター原案・ヒーローデザイン：桂正和
キャラクターデザイン・総作画監督：
羽山賢二・板垣徳宏・山本美佳
デザインワークス：小曽根正美
メカデザイン：安藤賢司
タイトルロゴデザイン：海野大輔
色彩設計：永井留美子
美術設定：児玉陽平
美術監督：大久保錦一
3DCGディレクター：笹川恵介
撮影監督：田中唯・後藤春陽
編集監督：奥田浩史
音楽：池頼広
音響監督：木村絵理子
音響効果：倉橋裕宗
音響制作：東北新社
主題歌：UNISON SQUARE GARDEN
「harmonized finale」（トイズファクトリー）
制作：サンライズ
製作：T&B MOVIE PARTNERS
配給：松竹／ティ・ジョイ

MAIN CAST

鏑木・T・虎徹（ワイルドタイガー）：平田広明
バーナビー・ブルックス Jr.：森田成一
ライアン・ゴールドスミス（ゴールデンライアン）：
中村悠一
カリーナ・ライル（ブルーローズ）：寿美菜子
アントニオ・ロペス（ロックバイソン）：楠大典
ホァン・パオリン（ドラゴンキッド）：伊瀬茉莉也
ネイサン・シーモア（ファイヤーエンブレム）：
津田健次郎
キース・グッドマン（スカイハイ）：井上剛
イワン・カレリン（折紙サイクロン）：岡本信彦
ユーリ・ペトロフ（ルナティック）：遊佐浩二
リチャード・マックス：小山力也
カーシャ・グラハム：水樹奈々
ジョニー・ウォン：麦人
マーク・シュナイダー：大塚芳忠
ヴィルギル・ディングフェルダー（アンドリュー・
スコット）：平川大輔